KB253350

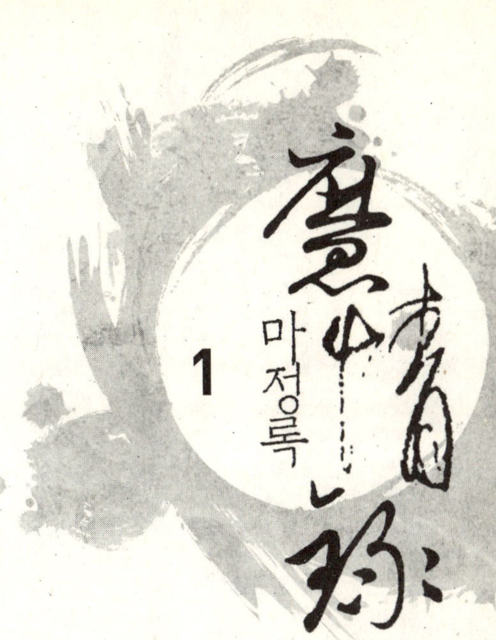

장담 신무협 장편소설

ORIENTAL FANTASY STORY & ADVENTURE

dream books
드림북스

마정록(魔情錄) 1 마제출사(魔帝出師)

초판 1쇄 인쇄 / 2012년 6월 29일
초판 1쇄 발행 / 2012년 7월 9일

지은이 / 장담

발행인 / 오영배
편집팀장 / 권용범
책임편집 / 편집부
펴낸 곳 / (주)삼양출판사 · 드림북스

주소 / 서울특별시 강북구 송천동 322-10호
대표 전화 / 02-980-2112 팩스 / 02-983-0660
편집부 전화 / 02-980-2116 팩스 / 02-983-8201
블로그 / blog.naver.com/dreambookss

등록번호 / 제9-00046호
등록일자 / 1999년 3월 11일

ⓒ 장담, 2012

값 8,000원

(주)삼양출판사 · 드림북스의 서면 허락 없이는 어떠한
형태나 수단으로도 이 책의 내용을 이용하지 못합니다.

ISBN 978-89-542-4846-4 (04810) / 978-89-542-4845-7 (세트)

* 지은이와 협의하에 인지는 생략합니다.
* 잘못된 책은 구입한 곳에서 바꾸어 드립니다.

魔政錄

마정록

1

마제출사(魔帝出師)

장담 신무협 장편소설

ORIENTAL FANTASY STORY & ADVENTURE

dream
books
드림북스

序

혼자 남은 그를 키운 사람은 조부인 북궁연.

중원에서 북쪽으로 수천 리 떨어진 관외(關外)의 제왕, 중원의 호사가들이 북천마궁(北天魔宮)이라 부르는 북천궁(北天宮)의 주인이었다.

북궁연은 자식에 대한 실망감을 손자에게서 만회하려 했다.

그 바람에 북궁천은 걸음마를 시작하면서부터 패왕(覇王)의 도를 배워야 했고, 절대자가 되기 위해 한순간도 한눈을 팔 수 없었다.

아버지를 닮아 정이 많은 그가 흔들리면 북궁연이 다그쳤다.

"강하지 못하면 죽는다. 그게 북천의 율법이다! 나약하기 짝이 없는 네 아비처럼 그렇게 살면 안 되느니라!"

"너는 패왕이 될 사람이다. 다른 아이들과는 다른 운명을 타고난 아이니라!"

북궁천은 소리 내어 우는 것도, 부모와 함께 노는 아이를 부러워하는 것도 마음대로 할 수 없었다.

그는 그것이 자신에게 주어진 당연한 삶인 줄 알고 성장했다.

그렇게 북궁천의 나이 스무 살이 되던 해. 그는 조부가 사망하면서 북천궁의 주인이 되었다.

북천궁의 주인이 된 그는 영역을 넓히기 위해서 직접 검을 들고 나섰다.

첫해에는 대막의 신이라는 백타대제(白駝大帝)를 무찌르고, 삼 년째 되던 해에는 북부 초원에서 제왕처럼 군림하던 청랑왕(靑狼王)을 굴복시켰다.

거침없는 발걸음.

패기 넘치는 일성!

"따르는 자는 살 것이고, 거부하는 자는 죽는다! 북천의 무사들은 무릎을 꿇어라!"

그의 걸음걸음마다 핏빛 주단이 깔렸다.

공포에 질린 북천의 무사들이 핏빛 주단 위에 오체복지하며 외쳤다.

"북천마제(北天魔帝)가 하늘 아래 제일이로다!"
"북천의 제왕이시여! 저희를 이끌어 주소서!"

북천에 적수가 없음을 확인한 그의 스물다섯 번째 생일날.

‘정말 아름답군.’

북궁천은 구석진 곳에 앉아 있는 여인에게서 시선을 떼지 못했다.

처음 그녀와 마주한 순간 세상이 정지된 것처럼 느껴졌다. 이 세상에서 움직이는 것은 오직 그녀뿐.

혼기가 찬 그를 위해 각 세력의 주인들이 데려온 스물여덟 명의 미녀들조차 그녀에 비하면 그저 화려하게 치장된 인형에 불과했다.

그녀는 수수한 옷을 입었지만, 화려한 옷과 장신구로 치장한 어떤 여인보다도 아름다웠다.

그녀는 자신의 배움을 드러내지 않았지만, 학식을 뽐내며 떠들어 대는 그 어떤 여인보다도 지적이었다.

그녀는 어느 여인보다 도도하면서도, 시비가 힘들어하면 스스로 나서서 도와줄 정도로 정이 넘쳤다.

그녀가 소리 없이 조용히 웃으면, 드넓은 대전을 밝히고 있는 수백 개의 등잔불이 몇 배나 더 밝게 느껴졌다.

그리고 북궁천의 입가에도 밝은 웃음이 떠올랐다.

'이름이 헌원려려라 했지?'

백령선자(白怜仙子) 헌원려려. 그녀는 나이 스물셋에 몰락해 가는 검원장을 맡은 헌원가의 여주인이었다.

이번 잔치에는 장로 둘과 호위 넷만 데리고 왔는데, 그녀는 두 장로와 함께 구석진 곳에 앉아서 조용히 구경만 하고 있었다.

북궁천은 그녀만 구경하고 있고.

신시(申時:오후3시~5시)가 되자 잔치가 절정으로 치달았다.

술이 얼큰하게 취한 사람들은 호탕하게 웃으며 춤을 추고 노래를 불렀다.

무희들이 나비처럼 너울거리며 오가자 무사들의 눈이 붉게 충혈되었다.

그 때 마흔가량의 중년인 하나가 술잔을 들고 헌원려려

쪽으로 다가갔다.

그가 걸을 때마다 허리에 매달린 화려한 도가 철걱거리며 흔들렸다.

머리에는 보석을 박은 무사건을 두르고, 몸에는 값비싼 청색 비단 장포를 걸친 자였다.

튀어난 광대뼈, 살짝 치켜 올라간 눈초리, 얇은 입술. 성격이 독하게 느껴지는 인상을 지닌 그는 음산문(陰山門)의 부문주인 귀호도(鬼呼刀) 호우량이었다.

헌원려려 앞에 선 그는 불쑥 잔을 내밀었다.

"헌원 소저, 내 잔을 한 잔 받으시오."

헌원려려는 조용한 어조로 말하며 고개를 저었다.

"저는 술을 잘 못 마셔요. 죄송해요."

"하하하! 헌원 소저의 아름다운 미색은 천 리 떨어진 곳까지 울릴 정도요. 그런데 오늘 보니 정말 아름답구려. 그대를 만난 기념으로 한 잔 나누고 싶으니 사양하지 마시고 드시구려."

"정말 죄송해요. 술은 다른 분하고 마시세요."

헌원려려가 거듭 사양하자 호우량의 눈초리가 더 높이 올라갔다.

그는 부인과 사별한 지 삼 년째였다.

헌원려려에 대한 소문을 들은 그는 검원장에 매파를 보내 넌지시 뜻을 물었다.

돌아온 것은 거절한다는 답변뿐. 하기에 이 자리에서 다시 한 번 자신의 뜻을 밝힐 생각이었다.

그런데 권주를 마다하는 걸 보니 아무래도 자신의 뜻을 이루기는 틀린 듯했다.

"훗, 정말 도도하군. 지금 처지면 바짓가랑이라도 잡고 매달려야 살아남을 수 있을 텐데, 그렇게 도도해서야 어디 누가 도와주려고나 하겠나?"

"이보시게, 호 부문주! 이게 무슨 짓인가?"

헌원려려 옆에 앉아 있던 중년인 하나가 벌떡 일어났다.

그는 검원장의 두 장로 중 하나인 백양검객(白楊劍客) 거은문이었다. 또 다른 장로 유백초는 이를 악물고 호우량을 노려보기만 했다.

그 때 헌원려려가 일어나서 손짓을 했다.

"참으세요, 장로님."

거은문은 분기를 삭이며 입술을 깨물었다.

검원장의 주인은 헌원려려다. 주인의 말을 무시하는 것은 결국 자신의 얼굴에 침 뱉는 격이었다.

그가 입을 다물자, 헌원려려가 호우량을 똑바로 바라보며 말했다.

"적어도 음산문에 손을 내밀지는 않을 테니 걱정 마세요. 그리고 문파와 관계된 이야기를 하고 싶으면 문주께서 직접 오라고 하세요. 저는 부문주는 상대하지 않으니까요."

호우량의 두 눈에서 서릿발 같은 한광이 흘러나왔다.

"꼴에 자존심은 있다, 이건가? 무사라고 해 봐야 오십 명도 남지 않았다고 들었는데, 뭘 믿고 그리 뻗대는 거냐?"

헌원려려의 입술이 가늘게 열리며 웃음이 떠올랐다.

"검원장의 주인에게 자존심 운운하다니, 음산문도 많이 컸군요."

"뭐야? 이……!"

그 때였다.

"무슨 일이라도 있소?"

낭랑한 목소리가 호우량의 목덜미를 잡아챘다.

고개를 돌린 호우량은 상대의 정체를 알아보고는 곧바로 꼬리를 내렸다.

순진한 인상, 맑은 눈빛. 거기다 덩치마저 작아서 어딜 봐도 사나운 구석을 찾기 힘든 서른가량의 서생이었다.

하지만 그가 바로 북천사룡(北天四龍) 중 하나이자 북천궁의 군사인 가릉효였다.

북천마제를 보좌하며 메마른 북천 땅을 핏물로 적신 자.

"아, 아니요. 그냥 헌원 소저에게 술 한 잔 따라 주려고 왔을 뿐이오."

"헌원 장주께선 안 마신다고 하신 것 같은데, 그만 가셔서 즐기시지 그러시오?"

"하, 하. 그러잖아도 그럴 참이었소. 그럼 이만."

호우량은 힐끔 헌원려려를 바라본 후 몸을 돌렸다.

가릉효는 그가 떠나는 걸 보지도 않고 헌원려려를 향해 고개를 숙였다.

"죄송하게 되었소이다. 모두 본 궁의 불찰이오."

"아닙니다. 도와줘서 고마워요."

"그럼 재미있게 지내십시오."

가릉효는 다시 한 번 고개를 숙인 후 몸을 돌렸다. 그리고 북궁천이 앉아 있는 곳을 슬쩍 바라보았다.

'후우, 하마터면 뒤집어질 뻔했군.'

종일 한곳만 바라보던 궁주가 눈살을 찌푸렸다. 게다가 눈빛은 금방이라도 터져 버릴 것 같았다.

그는 눈치 빠르게 나서서 궁주의 성질이 폭발하기 전에 원인을 가라앉혔다.

아마 조금만 늦게 눈치챘으면 잔치는 이 시간부로 끝났을 것이다.

'그런 모습은 처음 보는군. 헌원려려가 마음에 들었나?'

헌원려려는 가릉효의 등을 보며 가만히 자리에 앉았다.

호우량과의 대치로 인해 기운이 쭉 빠졌지만 겉으로는 조금도 표를 내지 않았다.

검원장은 북천궁에 복속되기 전인 삼 년 전까지만 해도 정의를 추구하던 문파였다.

그녀의 아버지는 검원장이 힘에 눌려서 변질될까 봐, 돌아가시기 전 그녀의 손을 꼭 잡고 유언을 남겼다.

　　"협의지심(俠義之心)을 잃지 말고 살아라. 힘들다
　해서 마도와 타협하지 마라."

　자신 역시 같은 마음이었기에 이곳에 오는 것이 정말 싫
었다.
　그래도 어쩔 수 없이 왔다. 북천궁에 밉보이면 그나마 유
지되던 검원장도 그날로 끝장이니까.
　그런데 아무래도 더 이상은 견딜 수 없을 것 같았다.
　'이곳은 내가 있을 곳이 아니야.'

　한편, 북궁천은 가릉효가 헌원려려에게서 살쾡이 같은 자
를 떼어내자 담담히 입을 열었다.
　"추람, 나는 저 여자가 마음에 드는데, 넌 어떠냐?"
　대답은 뒤에 서 있는 세 사람 중 좌측에 있는 자가 했다.
매우 아쉬워하는 목소리로.
　"솔직히 마음에 듭니다. 궁주님이라 해도 포기하고 싶지
않습니다만, 시달리다 말라 죽기는 더 싫으니 포기하겠습니
다."
　북궁천의 체구는 강인한 대호처럼 우람했다. 키도 일반
사람보다 머리 하나는 더 컸다.

그런데 대답한 자도 그 못지않았다.

흑룡대주(黑龍隊主) 장추람. 북천사룡 중 하나이자 북궁천의 왼팔.

북천궁의 청년 고수 중 북궁천을 제외하고 가장 강한 고수가 바로 그였다.

그가 마음에 있는데도 포기한다는 듯이 말하자, 냉랭한 목소리가 오른쪽에서 흘러나왔다.

"좋아하는 여자가 있으면 목숨을 걸고 달려들어야지, 그딴 이유로 포기해?"

빼빼 마른 몸에 눈빛이 칼날처럼 날카로운 청년. 한룡대주(寒龍隊主) 냉호였다. 그 역시 북천사룡 중 하나로 항상 북궁천의 오른쪽을 지키는 자였다.

장추람이 냉호를 노려보았다.

"그럼 너는 여자를 사이에 두고 궁주와 다투기라도 하겠다는 거냐?"

"나는 처음부터 궁주가 택하지 않을 여자를 찍을 것이니 그런 걱정이 없지."

그 때 가운데 서 있던 자가 말했다.

"궁주, 설마 헌원 소저를 부인으로 맞이하겠다는 건 아니겠지요?"

그는 석상처럼 딱딱한 표정이었다. 게다가 얼굴마저 거무스름해서 진짜 석상처럼 보일 정도였다.

비룡대주(秘龍隊主) 철교신. 북천사룡 중 하나이며 북궁천의 호위대 책임자가 바로 그였다.

북궁천은 그의 질문에 자신만만한 표정으로 대답했다.

"그럴 생각이다. 아주 마음에 들어."

모두가 북궁천을 바라보았다.

북천사룡만 바라보는 게 아니었다. 좌우에 앉아 있던 사대원로를 비롯한 북천궁의 간부들 중 그의 목소리를 들은 사람들이 일제히 그를 응시했다.

— 드디어 궁주께 짝이 생기는 건가?

그런 표정들이었다.

— 그런데 하필이면 왜 제일 힘이 없는 검원장의 장주지? 기왕이면 힘이 강력한 세력의 딸들 중 하나를 고르지.

대부분이 그런 마음이었다.

특히 사대원로는 북궁천의 결정이 무척이나 마음에 안 드는 눈치였다.

택할 여자가 없어서 정의가 밥 먹여 주는 줄 아는 고리타분한 계집을 택하다니!

*　　　*　　　*

아침부터 시작된 잔치는 밤이 늦어서야 끝이 났다.

거처인 북성전으로 돌아간 북궁천은 한참 동안 허공을

바라보았다.

그의 머릿속에는 온통 헌원려려뿐이었다.

그녀가 처음 인사를 올리던 때부터, 잔치가 끝난 후 조용히 일어나 북천전을 나서던 때까지의 모습이 모두 담겨 있었다.

"단숙은 어떻게 생각해?"

북궁천이 혼잣말을 하듯이 허공을 향해 물었다.

허공에서 나직한 목소리가 들렸다.

"정말 그녀를 부인으로 맞이하실 생각이십니까?"

"그래."

"좋아하는 남자가 있을지 모릅니다."

"상관없어."

누가 감히 북천마제의 뜻을 어긴단 말인가?

더구나 그녀는 몰락한 가문의 주인, 북천마제의 부인이 되면 가문의 위상이 하늘 끝까지 솟구칠 텐데 왜 거부하겠는가?

"결정하셨다면 뜻대로 하십시오."

"고마워, 단숙."

다음 날 아침.

북궁천은 헌원려려를 집무실인 북천전으로 불러들였다.

두 사람은 김이 모락모락 피어오르는 찻잔을 사이에 두

고 마주 앉았다.

북궁천은 단둘이 마주 앉게 되자 나름대로 그녀를 위해 말했다.

"어제 음산문의 호우량이 너를 모욕했다고 들었다. 무섭지 않았느냐?"

헌원려려는 담담하게 답했다.

"무서웠습니다. 앉았는데 다리가 막 떨리더군요."

북궁천은 솔직한 그녀의 말이 마음에 들었다.

보통 여자들은 무섭지 않았다고 거짓말을 하거나, 약한 모습을 보이며 애걸한다. 그런데 헌원려려는 그런 여자들과는 달랐다.

그는 더 시간을 끌지 않고 자신만만하게 말했다.

"려려, 본 궁주는 너를 부인으로 맞이하겠다. 앞으로 나를 위해 웃고, 나를 위해 차를 따라 주고, 내 아기를 열만 낳아 다오. 그럼 앞으로 음산문 따위는 감히 네 앞에서 고개를 들지 못할 거다."

그는 그녀가 거부하리라고는 티끌만큼도 생각하지 않았다.

마제의 선택을 받았다는 것은 가문의 영광!

감동을 받아서 눈물을 글썽거리진 않아도, 저 아름다운 눈꺼풀을 바람이 일어날 정도로 파르르 떨며 고마워하지 않겠는가!

하지만 그녀는 조금도 머뭇거리지 않고, 아주 담담하게, 그의 명령이나 다름없는 청을 거절했다.

"죄송해요. 저는 궁주의 아내가 되고 싶은 마음이 없어요."

생각지 못한 대답에 충격을 받은 북궁천은 눈을 부라렸다.

"감히 본 궁주의 뜻을 거역하겠다는 거냐?"

"저는 제 삶을 제 자신의 의지와 상관없이 무의미하게 살고 싶지 않을 뿐이에요."

자신의 의지와 상관없는 무의미한 삶?

권력을 누리며 즐겁게 살면 됐지, 삶의 의미가 꼭 필요한가?

북궁천은 입을 꾹 닫고 그 말을 곱씹어 봤다.

화는 나지 않았다. 화가 나기보다 오기가 고개를 내밀었다.

감히 마제의 청을 거부하다니!

'좋아, 어디 얼마나 버티나 보자.'

그는 그녀가 거부했다고 해서 그냥 놓아줄 마음이 눈곱 반쪽만큼도 없었다.

"당분간 이곳에 머물며 어떤 결정이 너에게 이득인지 잘 생각해 봐라."

　　　　*　　　　　*　　　　　*

　헌원려려를 붙잡아 둔 북궁천은 갖은 방법을 다 동원해서 그녀를 설득했다.

　그러나 그녀의 마음은 조금도 변하지 않았다.

　온갖 보석과 산더미 같은 황금조차 그녀의 마음을 움직이지 못했고, 북천마제의 정실 자리 약속도 그녀에게 아무런 감동을 주지 못했다.

　검원장의 번영을 약속해도 쓴웃음만 지었고, 은근한 협박에는 오히려 눈빛만 싸늘해졌다.

　북궁천은 그럴수록 그녀에게 더 집착했다.

　강제로 그녀를 취한다 한들 마제에게 뭐라 할 사람은 아무도 없었다.

　어쩌면 그녀를 아끼는 사람들조차 그러기를 은근히 바랄지도 몰랐다. 권력의 콩고물이라도 주워 먹을 수 있을지 모르니까.

　그래도 그는 그렇게 하지 않았다.

　그가 원하는 것은 그녀의 모든 것이었다.

　마음과 몸 모두!

　명예와 부귀영화로는 그녀의 마음을 움직일 수 없다는 것을 안 북궁천은 결국 도움을 청했다.

　"단숙, 마음을 돌릴 수 있는 방법이 없을까?"

허공에서 목소리가 흘러나왔다.

"제가 북천궁에 온 것이 열두 살 때이고, 지옥 수련에 들어간 것이 열여덟 살 때입니다. 그리고 지옥 수련이 끝나자마자 지금까지 궁주의 그림자가 되어 살았지요."

그런데 뭘 알겠냐는 뜻.

북궁천은 눈을 치켜떴다.

"그래도 나보다 오래 살았으니 보고 들은 것이 있을 것 아냐?"

대답은 한참 뒤에 흘러나왔다.

"저, 재미있는 이야기를 들려주면 어떻겠습니까?"

"음, 그것도 괜찮겠군. 그리고 또?"

"말할 때 얼굴 좀 펴십시오. 어깨의 힘도 좀 빼시고. 인상 써 봐야 기죽을 여자가 아닌 것 같습니다."

"……."

북궁천은 자신의 비밀 호법이자 그림자인 단무영의 말을 충실히 이행했다.

그녀의 마음을 열기 위해서 패기도 감추고, 웃음도 짓고, 간부들에게 들은 재미있는(?) 이야기도 들려주었다.

"하하하! 려려, 궁산에 사는 비적 열두 놈이 겁도 없이 청마귀를 털려다가 모두 목이 잘렸다는구나. 그런데 잘린 머리가 절벽에서 떨어지며 머리카락이 바람에 휘날리는데, 그

소리가 마치 청마귀를 욕하는 소리처럼 들렸다지 뭐냐. 정말 웃긴 이야기지?"

헌원려려가 웃지 않으면 간부들을 닦달해서 또 다른 이야기를 들고 왔다.

"려려, 말 타는 게 서툴다고 백마도가 음혼선자를 놀렸더니, 음혼선자가 뭐라고 한 줄 아느냐? 말은 많이 못 타 봤지만 남자는 많이 타 봤어요. 그러니 말 타는 것쯤은 금방 늘 거예요, 그랬다는구나. 사람들이 그 말을 듣고 어찌나 웃던지…… 우습지 않느냐? 다른 이야기 해 줄까?"

헌원려려는 여전히 웃지 않았다. 그저 그런 농담에 자신의 마음이 바뀌길 바라는 북궁천을 측은해하는 눈으로 바라보기만 할 뿐.

'당신의 마음을 모르는 건 아니지만, 그건 좋아하는 여자에게 해 줄 이야기가 아닌 것 같군요.'

그녀도 북궁천의 노력을 모르는 바는 아니었다.

마제가 그렇게까지 할 거라는 생각을 한 번도 안 해 본 터라 굳게 쌓인 마음의 벽에 그녀 자신도 모르는 사이 금이 가고 있었다.

하지만 거기까지가 한계인 듯, 북궁천이 아무리 두들겨도 금이 간 벽은 쉽게 무너지지 않았다.

결국 석 달 열흘을 노력하고도 그녀의 진심을 얻지 못한 북궁천은 답답한 마음에 그녀를 다그쳤다.

"려려, 도대체 어떻게 해야 네 마음을 얻을 수 있지? 나에게 뭘 원하는 거냐? 뭐든 말해 봐라!"

헌원려려는 북궁천의 눈을 바라보았다.

대호와 같은 눈에서 간절함이 느껴졌다.

'당신이 마제인 한 당신과 나는 맺어질 수 없어요. 그러니 그냥 보내 주세요.'

그녀는 목구멍까지 올라온 그 말을 억지로 삼켰다.

북궁천은 절대 자신을 보내 주지 않을 것이다. 소용없는 말을 해 봐야 역효과만 발생할 뿐.

행여 기분이 상해서 분노라도 하게 되면 검원장은 흔적도 없이 사라질 것이다.

그녀는 흔들리는 눈빛을 추스르고 자신의 속마음을 내비쳤다.

"궁주께서 진정한 대협이 되신다면…… 뜻에 따르도록 하겠어요."

"대협? 어떻게 해야 대협이 될 수 있지?"

"정을 가슴에 품고, 천하 만인의 아래에 서서 의와 협을 행하세요."

북궁천은 패왕이 되는 법만 배웠으며, 패왕의 길만 지나온 사람이다.

적을 칠 때는 냉혹하게, 공포심을 느끼고 두 번 다시 고개를 들 수 없도록 완벽히 제압했다.

만인의 피를 두려워하지 않았고, 시산혈해를 넘고 건너면서도 눈 한 번 깜박이지 않았다.

오죽했으면 북천의 무인들이 벌벌 떨면서 그를 마제라 부르겠는가?

그렇게 살아온 그는 정에 대해서 깊게 생각해 본 적이 한 번도 없었다. 또한 어떻게 해야 의와 협을 행하는 것인지도 알지 못했다.

아니, 그 모든 걸 다 떠나서, 그는 북천의 주인 마제였다.

그가 마제인 한, 만인의 아래에 서라는 그녀의 요구는 하늘이 두 쪽 나도 들어줄 수 없는 것이었다.

그래도 그는 일단 그녀의 말에 고민하는 척하면서 어떻게든 방법을 찾아보려 했다.

"한번 생각해 보지. 그런데 꼭 대협이 되어야만 하느냐? 대협이 아니라고 해서 너를 사랑해 줄 수 없는 건 아니지 않느냐? 내가 마음을 바꾼다고 해서 누가 마제를 대협이라 불러 주지도 않을 것이고 말이다."

"남들이 대협이라 불러 주지 않아도 상관없어요. 대협의 마음을 가지면 되는 거예요."

"그게 그거 아니냐? 내가 너를 강제로 취하지 않는 것만 해도 내가 나쁜 마음을 품은 것은 아니라는 증거가 아니냐?"

"궁주께서 원하시는 게 제 몸뚱이인가요?"

흠칫한 북궁천은 급히 손을 저었다.

"아니, 아니다. 나는 네 몸과 마음을 모두 얻길 바라는 거다."

"북천궁은 지금까지 너무 많은 피를 대지에 적셨어요. 그 핏속에서 절규하는 사람들 때문에 제 마음이 북천궁에 머물지 못하는 거예요. 그렇다고 궁주께서 북천궁을 포기하실 수도 없잖아요?"

"미쳤……? 음, 그거야 그렇지……."

*　　　*　　　*

그날 밤.

북궁천은 헌원려려의 말을 곱씹으며 술을 마셨다.

이해할 수 있을 것 같으면서도 깊숙이 와 닿지는 않았다.

"빌어먹을. 싸우다 보면 피를 좀 흘릴 수도 있지, 그게 그렇게 심각한 문젠가? 우리가 죽이지 않으면 그놈들이 우리를 죽일 것 아닌가?"

아무리 생각해도 그 이유 때문만은 아닌 것 같다.

그럼 대체 자신의 무엇이 못마땅해서 거부한단 말인가?

"안 되겠어! 오늘 담판을 짓고 말겠어!"

자리에서 벌떡 일어나자 몸이 흔들리는 기분이 들었다.

오늘따라 술맛이 달짝지근해서 평소보다 훨씬 많은 양을 마신 상태였다. 고민하다 보니 주정(酒精)을 배출하는 것도 잊었다.

아무리 그렇다 해도 지나치게 취한 것 같았다.

'이상하군. 왜 이렇게 취하지? 오늘 마신 술이 더 독한 것인가?'

하지만 그는 주정을 배출해서 술기운을 억누르지 않았다.

어차피 담판을 짓기로 작정한 터였다. 술기운을 빌려서라도 자신의 감정을 있는 그대로 다 털어놓고 싶었다.

'그래, 누가 이기나 오늘 끝장을 보자, 려려!'

잔뜩 취한 채 방을 나선 그는 곧장 헌원려려의 방으로 갔다.

"려려, 왜 내 마음을 몰라주는 거냐?"

헌원려려는 씩씩거리는 북궁천을 흔들리는 눈빛으로 바라보았다.

'저도 당신이 싫진 않아요. 하지만 아버지의 유언을 어길 순 없어요. 미안해요.'

그녀도 여자다. 북궁천의 노력은 충분히 그녀의 마음을 흔들고도 남았다.

그러나 그녀에게 부친의 유언은 절대적으로 지켜야 할 사명이었다. 그녀와 북궁천 사이에 놓인 벽이 너무나 두껍고

높은 것이다.

"다 좋다, 다 좋아! 내가 너무 많은 사람을 죽여서 싫다는 말도 이해가 돼! 그래도 한 번쯤은 져 주는 척할 수 있는 것 아니냐?"

북궁천은 고래고래 소리 지르며 헌원려려의 코앞까지 바짝 다가갔다.

그 때였다.

은은한 향기가 콧속으로 스며들었다.

술에 취한 상태에서도 너무나 확연하게 느껴지는 향기였다.

정신이 몽롱해질 정도로 황홀한 향기.

순간 몸 깊은 곳에서 기이한 열기가 피어나는가 싶더니, 심장이 쿵쾅거리고, 억눌러 놓았던 욕망이 걷잡을 수 없이 솟구쳤다.

북궁천은 자신도 모르게 손을 뻗어 한 줌밖에 안 되는 헌원려려의 허리를 와락 끌어안았다.

머릿속에서 폭죽이 터진 듯 아무런 생각도 들지 않았다.

"나는 절대 너를 포기하지 않을 거다! 절대로!"

"스스로와의 약속을 저버리겠다는 건가요?"

"절대 포기 못 해! 너를 보내 주기 싫단 말이다!"

헌원려려는 몇 번 발버둥 치다가 힘을 빼고 눈을 감았다.

힘으로 어찌할 수 있는 사람이 아니다. 발버둥 치면 칠수록 북궁천의 욕망만 건드릴 뿐.

아니, 어쩌면 그녀의 마음 저 깊은 곳에 똬리를 틀고 있던 갈등이 그녀의 반발을 멈추게 했는지도 몰랐다.

'그래요, 어쩌면 당신을 거부한 것도 제 이기심일지 모르겠네요. 당신도 할 만큼 했는데…… 정말 싫은 것은 당신이 아닌데……'

북궁천은 솥뚜껑처럼 큰 손으로 그녀를 안아 들더니 침상으로 성큼성큼 걸어갔다.

"난생 처음 내 마음을 흔들어 놓았다. 그러니 너는 내 여자가 되어야만 해!"

그는 헌원려려를 침상 위에 던지듯이 내려놓고 이글거리는 눈으로 내려다보았다.

고개를 돌린 헌원려려의 눈에서 눈물방울이 주르륵 흘렀다.

'원하면 가져요. 원망하진 않겠어요. 대신…… 나를 놓아 줘요.'

다음 날 새벽.

술이 깬 북궁천은 헌원려려를 보고 아무 말도 하지 못했다.

그녀는 처연한 눈빛으로 찢어진 옷을 추스르고 있었다.

무릎을 꿇고 있는 그녀의 다리 밑에 번져 있는 옅은 핏기.

말라붙은 눈물로 범벅된 얼굴은 너무 고요해서 겁이 날 정도다.

'이런, 빌어먹을!'

북궁천은 머리를 움켜쥐고 이를 악물었다.

헌원려려의 몸과 마음을 모두 얻겠다고 스스로에게 약속했다.

그것은 마제의 자존심이었다.

그런데 하룻밤 만에 모든 것이 무너졌다.

술기운에 사랑하는 여인을 강제로 취한 놈이 마제는 무슨!

자괴감이 든 그는 모든 결정을 헌원려려에게 맡겼다.

"려려, 네가 하고 싶은 대로 해라. 남고 싶으면 남고…… 가고 싶으면 가고."

마음은 붙잡고 싶었다. 미안하다며 사죄하고 싶었다.

하지만 그놈의 자존심 때문에! 그럴 수가 없었다.

그는 북천의 패왕, 마제니까.

마제는 천하의 누구에게도 고개를 숙여선 안 되니까!

그날 오후.

헌원려려는 조용히 북천궁을 떠나갔다.

＊　　　＊　　　＊

헌원려려가 떠나자 북궁천은 매일 술을 친구 삼으며 그녀를 잊으려 노력했다. 하지만 잊으려 하면 할수록 그녀를 갈구하는 마음은 더욱 강해졌다.

그 바람에 단무영만 고달팠다. 하루도 빼지 않고 그의 잔소리를 들어야 했으니까.

"단숙이라도 말렸어야지!"

"단둘이 있을 때는 피해 달라고 하지 않았습니까?"

"그래도 이상하다 싶으면 들어와 봤어야 할 거 아니야?"

말도 안 되는 소리!

남자와 여자가 이상한 일을 하는 곳에 들어갔다가 무슨 봉변을 당하라고?

'다음에는 필히 들어가죠.'

단무영은 속으로만 다짐하고 대충 둘러댔다.

"옆 건물에 있는 음혼선자의 방에서 나는 소린 줄 알았습니다."

북궁천은 허공을 한 번 째려보고 잔에 술을 채웠다. 거짓말이라는 걸 뻔히 알지만 뭐라고 할 수도 없었다.

단무영은 독한 술을 쉴 새 없이 목구멍에 털어 넣는 북궁천을 보고 넌지시 말했다.

"술을 좀 약한 걸로 드십시오, 주군. 안주도 좀 드시고. 그렇게 독한 술만 드시다가는 몸 상합니다."

"걱정 마! 이 정도로 죽진 않으니까. 왜 이리 술이 물 같아? 좀 더 독한 술 없나? 그날 마신 술은 정말 독하던데.”

흠칫한 단무영은 더 이상 토를 달지 않았다.

그는 알고 있었다. 그날 마신 술이 유난히 독했던 이유를.

＊　　　＊　　　＊

술독에 빠진 지 일 년이 지나자, 북궁천의 몸은 전과 비교할 수 없이 피폐해졌다.

절대지경의 고수가 그렇게 변할 수 있다는 것이 불가사의하게 느껴질 정도였다.

대호처럼 당당한 체구였던 그는 몸과 볼이 홀쭉해지고, 두 눈도 휑하니 들어가서 일 년 만에 본 사람은 못 알아볼 정도였다.

북천의 대지를 폭풍처럼 휩쓸던 북천마제의 위용은 흔적도 없이 사라져 버린 상태.

야망도, 패기도 사라져 버린 그의 모습은 많은 사람을 실망시켰다.

그때부터 북천궁 내부 깊숙한 곳에서 그를 성토하는 목소리가 흘러나오기 시작했다.

— 세상에! 마제께서 약도 없다는 상사병에 걸리다니.

— 정의 고리를 끊지 못하는군. 역시 아직은 어려.

— 나 원, 창피해서. 마제께서 저러면 본 궁의 체면이 뭐가 되나?

하지만 북궁천의 곁에 북천사룡이 눈을 부릅뜨고 있어서 대놓고 말하진 못했다.

북천궁의 살아 있는 전설로 불리는 사대원로는 사람을 보내서 헌원려려를 데려오려고 했다.

그러나 그녀는 오래전에 남쪽으로 떠나가서 태원 이후로는 정확한 행적을 알 수가 없었다.

황하를 건너간 것 같다는데, 그곳까지 사람을 보내기도 마땅치가 않았다.

어차피 헌원려려를 탐탁지 않게 생각하고 있던 사대원로는 그녀를 애써 찾지 않았다.

대신 경국지색의 아름다움을 자랑하는 여인들을 데려와 북궁천의 마음을 돌리려 했다.

하지만 북궁천은 아무리 아름다운 여인을 데려다 줘도 거들떠보지 않았다.

그에겐 그 어떤 여인도 헌원려려일 수 없었다.

그렇게 여름이 깊어 가던 어느 날.

사대원로는 더 이상 참지 못하고 그를 찾아가 마지막 통보를 하듯이 다그쳤다.

"궁주! 궁주의 체면은 곧 본 궁의 체면이외다! 대체 언제까지 이러실 거요? 계속 이러신다면 우리 원로들도 더 이상 참고만 있지 않을 거요!"

사대원로 중 가장 연장자인 음령노조(陰靈老祖)가 먼저 고양이 목에 방울을 달았다.

북궁천은 아무 말도 하지 않고 술잔만 목구멍에 털어 넣었다.

귀천도(歸天刀) 악사종과 북령일노(北靈一老) 갈태경도 한숨을 쉴 것 같은 표정으로 북궁천을 압박했다.

"숨죽이고 있던 자들이 호시탐탐(虎視眈眈) 본 궁을 노리며 야심을 키우고 있는데, 궁주가 이러시면 어쩌란 말이오?"

"제발 정신 좀 차리시오. 세상에 여자가 어디 헌원려려뿐이오?"

천수마종(千手魔宗)은 용기를 내서 좀 더 강하게 그를 몰아붙였다.

"정 이럴 거면 차라리 궁주 자리를 내놓고 그녀를 찾아서 떠나시구려!"

북궁천은 술잔을 내려놓고 반쯤 열린 창문을 향해 고개를 돌려 버렸다.

"에잉, 이거 참…… 여자 하나 때문에 천하의 마제께서 이게 무슨 꼴이오?"

"명심하시오, 궁주. 계속 이러시면 이 늙은이들도 더 이상 궁주를 감쌀 수 없소이다."

"서시 때문에 망한 오왕(吳王) 부차가 따로 없구려. 그렇게 좋으면 그때 왜 보낸 것인지……."

사대원로는 짓누르듯 몇 마디 더 하고는 '아무리 여자에 미쳤어도 이 정도 했으면 알아들었겠지.' 하는 마음으로 궁주전을 나갔다.

그래도 사대원로가 떠난 뒤 찾아온 북천사룡은 젊은 사람들답게 북궁천의 마음을 어느 정도 이해했다.

가릉효는 유예 기간을 줬다.

"주군, 마음은 이해합니다만 너무 오래 이러시면 안 됩니다. 무슨 말인지 아시지요?"

냉호는 북궁천의 기분을 풀 수 있는 방법을 생각해 보았다.

"기분도 풀 겸 요동에서 설친다는 흑사방이나 부수고 올까요?"

그 때 장추람이 넌지시 말했다.

"정 뭐하시면, 저희가 가서 헌원 소저를 찾아보겠습니다."

북궁천이 반응을 보인 것은 장추람의 말이 떨어진 후였

다.

고개를 든 그의 입에서 나직한 목소리가 흘러나왔다.

"놔둬."

그날 무슨 일이 벌어졌는지 자세히 아는 사람은 아무도 없었다. 그나마 단무영이 조금 짐작할 뿐.

북궁천이라 해서 어찌 찾고 싶지 않을까?

하지만 찾아서 뭐라고 한단 말인가?

몸뚱이만 데려와서 뭐한단 말인가?

"그만 가 봐. 쉬고 싶으니까."

북천사룡은 착잡한 표정으로 북성전을 나갔다.

북궁천은 그들이 다 나갈 때까지 허공만 바라보았다.

— 그녀를 찾아서 떠나시구려!

천수마종의 목소리가 머릿속에서 종소리처럼 울렸다.

하지만 그는 씁쓸한 표정으로 고개를 저었다.

'찾아가도 반기지 않을 거야. 차가운 눈빛으로 쳐다보면서 왜 왔냐고 하면 뭐라고 하지? 아니, 쳐다보지도 않으면······.'

북궁천이 자신의 마음을 단무영에게 말한 것은 그의 생일이 얼마 남지 않은 어느 가을날이었다.

"단숙, 려려를 만나면 그녀가 어떻게 나올 것 같아?"

"그거야 만나 보면 알겠지요."

여자와 말도 제대로 나누어 보지 못한 사람에게 물어본
게 잘못이었다.

그래도 자신은, 사정이야 어쨌든 딱지는 뗐는데 말이다.
그 일 때문에 결국 이렇게 되고 말았지만.

"만약에 말이야, 내가 궁을 떠난다고 하면 궁주로서 잘못
하는 걸까?"

이번에는 바로 대답이 들리지 않았다.

북궁천은 허공을 바라보며 기다렸다.

열을 셀 즈음 단무영의 목소리가 들렸다.

"정말 그녀를 찾으러 가고 싶습니까?"

"…… 그래."

"그럼 뜻대로 하십시오. 북천에서 마제의 뜻을 막을 자는
아무도 없습니다."

＊　　＊　　＊

선선한 바람이 부는 아침.

온 세상을 부드럽게 어루만지는 가을 햇살이 북천궁 서
른여덟 채의 전각 지붕을 황금빛으로 뒤덮었다.

어제에 아무리 기분 나쁜 일이 있었어도 오늘의 아침 햇
살을 대하면 모든 것이 풀어질 것 같은 싱그러운 날씨.

궁주의 처소인 북성전(北星殿)의 시비 요화도 싱그러운

표정을 지은 채 북성전으로 갔다.

그녀가 북성전에 시비로 배정된 것은 삼 년 전.

당시만 해도 북성전에는 북천을 짓누르는 패왕, 마제가 기거했다.

체구는 마치 음산(陰山)에 산다는 대호처럼 당당했고, 기세는 음산의 대호가 꼬리를 말고 강아지처럼 굴 정도로 위압적이었다.

그런데 이 년 전부터 조금씩 변하기 시작했다.

표정도 부드러워지고, 시녀들에게 이것저것 묻기도 하고, 우스갯소리도 곧잘 했다. 본래 그런 성격이 아니었을까 생각될 정도로.

요화는 사실 그때가 좋았다.

하지만 지금은 그때와 또 다른 사람이 되어 있었다.

한 달을 굶어서 비쩍 마른 호랑이처럼 호리호리한 체구, 휑한 눈. 고뇌가 가득 찬 눈빛이 심해처럼 깊긴 해도 전과 같은 위압감을 느낄 수 없었다.

여자가 원수인지, 술이 원수인지…….

'둘 다 웬수지, 뭐.'

요화는 그렇게 생각하면서도 그런 궁주를 싫어하지 않았다.

오히려 여자를 그리워해서 그렇게 된 궁주를 안타깝게 생각했다.

'여자를 노리개 취급 하는 놈들은 궁주님을 본받아야 돼.'

그녀는 헌원려려를 시기할 정도로 부러워했으며, 한편으로는 남몰래 매일 꿈꾸었다.

'혹시 알아? 술에 취한 궁주께서 나를 품을지.'

스물다섯 살의 그녀는 그런 생각을 할 자격이 있을 만큼 아름다웠다. 사대원로가 요화를 시비로 뽑은 이유도 그녀가 아름답기 때문이었으니까.

그녀는 궁주가 손을 내밀기만 하면 언제든지 달려들 준비가 되어 있었다.

'그래도 한 번쯤은 슬쩍 빼는 척해야지. 아냐, 그러다 술이 깨서 돌아서면 어떡해?'

삼 년째 매일 아침이 되면 반복되는 상상을 하며 요화는 북성전 앞에서 옷을 가다듬었다.

경비무사가 쳐다보자 가볍게 엉덩이를 흔들어 준 그녀는 방문에 대고 상냥한 목소리로 말했다.

"궁주님, 요화이옵니다."

평소라면 술을 더 가져오라고 하든가, 아니면 코고는 소리가 대답 대신 들려왔다.

가끔은 코 고는 소리 대신 누군가의 이름을 되뇌는 소리가 들려오기도 했고.

려려. 천하의 북천마제를 홀렸다고 소문난 헌원려려의 이름이.

그럼 자신은 술을 더 가져오든지, 아니면 조용히 들어가서 방 안을 치우면 되었다.

그런데 오늘은 조용했다. 너무나 조용해서 자신도 모르게 귀를 방문에 가져다 댈 정도였다.

'어디 가셨나?'

몸이 기울어지며 박처럼 둥근 엉덩이가 완연히 드러났다.

한쪽에 서 있던 경비무사가 그녀의 엉덩이를 가자미눈으로 훔쳐보고는 침을 꿀꺽 삼켰다.

요화도 명색이 무공을 익힌 여인. 그녀는 경비무사가 훔쳐보고 있다는 걸 알면서도 오히려 몸을 더 숙였다.

그리고 경비무사의 가자미눈이 찢어지기 직전, 엉덩이를 씰룩거려서 경비무사를 뒤로 넘어가게 만들고는 방문을 열었다.

'호호호호, 꼴에 여자 보는 눈은 있어서……'

자신 있게 엉덩이를 흔들며 안으로 들어간 요화는 궁주의 침상이 있는 곳으로 갔다.

"궁주님, 주무시옵니까?"

하지만 몇 걸음을 옮기기도 전에 멈칫했다.

이전과 조금 다른 분위기.

뭔가가 이상하다. 침상 위에 궁주가 보이지 않는다.

'볼일 보러 가셨나?'

그 때 문득, 궁주가 항상 질펀하게 술을 마시던 탁자가 눈에 들어왔다.

항상 있어야 할 술병이 보이지 않았다. 아니, 있긴 했는데 달랑 하나뿐이었다. 최소 열 병은 넘어야 하거늘.

저녁 담당 시비인 소소가 벌써 치웠을 리는 없었다. 그녀은 게으른 데다가, 얼마 전 괜찮게 생긴 무사 하나를 건져서 매일 밤 천당 구경 가기에 바쁘니까.

물론 자신도 그럴 기회는 얼마든지 있었다. 하지만 보다 큰 꿈을 위해서 꾹 참고 있는 중이었다.

'어떻게 된 거지?'

그녀가 의아해하며 탁자로 다가가는데 술병에 눌려 있는 하얀 뭔가가 보였다.

반듯하게 접힌 종이. 누군가가 보길 바란 듯 탁자 한가운데에 놓여 있었다.

요화는 무심코 손을 뻗어서 술병을 치우고 서신을 들었다.

그리고 혹시 자신에게 남긴 연서가 아닐까 하는 허황된 꿈을 꾸면서 서신을 펴 보았다.

'말로 하기 힘드니까 글로 남길 수도 있잖아?'

그럼 얼마나 좋을까?

하지만 그녀는 서신을 편 순간 심장이 멈추는 줄 알았다.

사대원로 보시오.

술을 끊기로 했소. 대신 일 년 정도 바깥바람 좀 쐬
고 올 테니 찾으려 하지 마시오. 기다리기 싫으면 궁
주를 새로 뽑으시든가.

*   *   *

요화는 서신을 들고 날듯이 달려서 사대원로를 찾아갔
다.

서신을 보고 놀란 사대원로는 북천사룡을 불러서 인근
백 리를 뒤졌다.

그러나 궁주의 모습은 어디에서도 발견되지 않았다.

그날 저녁. 사대원로는 머리를 맞대고 대책을 논의했다.

궁주의 부재 사실이 알려지는 것은 시간문제였다.

일 년간의 무단 외출.

그 사실이 알려지면 호시탐탐 기회를 엿보고 있던 세력들
이 야심을 드러낼지 모르는 일. 원로들은 한마디 상의도 없
이 떠난 북궁천을 원망하며 하얗게 센 머리를 밤새도록 쥐
어뜯었다.

하룻밤 사이에 주름이 배로 늘어난 기분이었다.

짜증이 난 악사종은 그러게 왜 떠나라고 했냐며 천수마
종을 다그쳤다.

갈태경은 이 기회에 말을 갈아타는 것이 어떠냐며 넌지시 자신의 마음을 비쳤다가, 세 원로의 잘 벼린 칼날 같은 눈빛에 난도질당할 뻔했다.

그렇게 입이 마르고 눈이 버석해지도록 대책을 논의한 사대원로는 날이 샐 무렵에서야 한 가지 결론을 내렸다.

그리고 태양이 떠오를 무렵.

음령노조는 간부들을 모두 모아 놓고서, 짐짓 기쁨에 찬 표정을 지으며 목에 힘을 주고 말했다.

"기뻐하라! 궁주께서 그간의 나태했던 생활을 청산하고자 술을 끊고 폐관에 들어가셨다! 궁도들은 궁주께서 나오실 때까지 본연의 임무를 충실히 이행하라!"

오오오! 드디어 북천마제께서 정신을 차리셨도다!

북천궁 무사들은 모두가 진정으로 기뻐하며 환호했다.

원로들은 시커멓게 타 버린 가슴으로 이를 갈았지만.

'술 안 끊고 돌아오기만 해 봐라!'

第二章
일탈(逸脫)

왜 이리 마음이 편한 걸까?

가을바람이 심장을 훑으며 관통하는 것처럼 시원하다.

"진작 나올 걸 그랬어."

북궁천은 금방이라도 푸른 물이 쏟아질 것 같은 쪽빛 하늘을 보며 환한 웃음을 지었다.

북천의 주인 자리를 박차고 떠나온 지 만 하루. 황량한 들판을 지나고, 강을 건너고, 바위산을 넘어서 적어도 오백 리를 달렸다.

그가 서 있는 곳은 짙푸른 초목이 가득한 이름 모를 산중. 앞에는 거산준봉이 펼쳐져 있었다.

이제는 더 이상 사대원로의 추적을 걱정하지 않아도 될 듯했다.

'나를 원망할 것도 없지. 떠나라고 한 사람들은 그 노인네들이니까.'

갑자기 웃음이 터져 나왔다.

"와하하하하하하!"

온 세상이 자신의 것 같았다. 북천의 주인 자리도 하찮게 느껴졌다.

그는 눈앞에 펼쳐진 거산준봉을 보며 소리쳤다.

"려려! 기다려라! 내가 너를 찾아갈 것이다!"

일만 척 거봉들이 그의 외침에 대꾸했다.

메아리치며 되돌아온 소리가 마치 기다리겠다는 소리처럼 들렸다.

그리고 마지막에는 이상한 소리마저 들려서 북궁천의 고개를 갸웃거리게 했다.

"어떤…… 미친…… 새끼가…… 짖어 대는…… 거냐!"

카랑카랑한 목소리.

자신이 외친 소리가 메아리쳐서 들려온 것은 분명 아니었다.

'누구지?'

전이었다면 저런 욕을 듣고 그냥 놔두지 않았을 것이었다. 마제의 자존심을 지키기 위해서라도.

하지만 그는 지금의 좋은 기분을 유지하기 위해서 그를
용서하기로 했다.

'조용히 쉬는데 내가 소리를 질러서 기분이 상한 모양이
군. 그 정도는 용서해야지.'

나름대로 합당한 이유를 생각해 낸 그는 날듯이 걸음을
옮겨서 그 자리를 벗어났다.

욕 좀 들었다고 싸우기에는 너무나 기분 좋은 날이었다.

그 시각.

만수종(萬獸宗) 육대기는 불같이 화를 내며 산속을 달렸
다.

어떤 미친놈이 소리를 지르는 바람에 지난 백 일 동안 노
리던 영물, 화령금각사(花翎金角蛇)가 내단을 토해 내다 놀
라서 도망치고 있었다.

마음 같아서는 당장 내려가서 그놈을 잡아 주둥이를 찢
어 버리고 싶었다.

하지만 미친놈을 혼내는 것보다 화령금각사를 잡는 게
더 중요했다.

자신이 영물을 노리고 있다는 걸 어떻게 알았는지 강호의
고수들이 몰려들고 있는 상황. 최대한 빨리 잡아서 도망쳐
야 했다.

'놓치기만 해 봐라. 어떤 놈인지 천하를 다 뒤져서라도 찾

아내고 말겠다.'

＊　　　＊　　　＊

　북궁천은 궁을 나선 후에야 새삼 자신이 세상에 대해서 아는 것이 생각보다 많지 않다는 사실을 깨달았다.

　나이 스물이 되기 전까지 패왕의 자격을 갖추기 위해 수련에 열중했고, 궁주가 된 후로는 지배 권역을 넓히기 위해 성난 호랑이처럼 날뛰었다.

　궁의 대소사야 사대원로와 군사인 가릉효가 모두 알아서 처리했으니 그는 보고만 받으면 되었다.

　그리고 헌원려려를 만난 후의 이 년이란 기간은 멈춰 버린 시간이었다.

　듣기로는 헌원려려가 태원에서도 더 남쪽으로 내려갔다고 했는데, 그에게 그곳은 신세계나 다름없었다.

　아니, 태원은커녕 헌원려려의 고향인 응원의 검원장도 물어 물어서 찾아가야 했다.

　하지만 아는 것은 없어도 마음은 마냥 즐거웠다. 북천을 휘저을 때보다도 더 가슴이 뛰고 기대되었다.

　'여긴가?'

　태양이 서쪽으로 기울어지는 시각. 북궁천은 뒷짐을 진

채 커다란 장원을 바라보았다.

외진 곳에 있는 장원치고는 제법 커서, 길게 뻗은 담장이 삼십 장은 되었다.

하지만 장원은 피폐해진 자신의 몸만큼이나 황폐했다.

안에는 일고여덟 채의 건물이 들어차 있었는데, 오랫동안 관리를 하지 않은 듯 지붕 위에는 풀이 무성하게 자라 있었다.

그가 바라보고 있는 정문 역시 마찬가지였다.

정문 앞에는 풀이 자라 있고, 문과 기둥, 처마는 칠이 벗겨지고 먼지가 쌓여 있는 상태였다.

게다가 폭이 일 장이 넘는 커다란 문은 꽉 닫혀 있어서 한참을 보고 있는데도 오가는 사람이 아무도 없었다.

"이 정도인 줄은 몰랐군."

북궁천은 정문에 걸린 색 바랜 현판을 보며 씁쓸한 미소를 지었다.

검원장(劍原莊)

일반적으로 '헌원가(軒轅家)'라 불리는 곳이기도 했다. 헌원려의 고향집.

북궁천은 그녀가 이곳에 없다는 것을 알고 있으면서도 찾아왔다.

특별한 이유가 있어서 온 것은 아니었다.

그냥, 그냥 한번 그녀가 살던 집을 보고 싶었을 뿐.

'굳이 떠날 것까진 없었는데…….'

그날 밤의 일 때문에 아예 자신이 찾을 수 없는 곳으로 멀리 떠난 듯했다.

미안한 마음이 드는 한편 그녀의 마음을 이해할 수 있었다.

아마 그녀가 이곳에 있었다면, 사대원로가 무슨 수를 써서라도 북천궁으로 끌고 왔을 테니까.

'미안하다, 려려…….'

씁쓸한 마음으로 고개를 저은 그는 정문으로 다가가 문을 두드렸다.

탕탕탕.

한참이 지나도 사람이 나오지 않았다.

하지만 그는 실망하지 않고 두어 번 더 문을 두드린 후 누군가가 나오기를 기다렸다.

반 각이나 지났을까, 누군가가 문으로 다가와 늙수그레한 목소리로 물었다.

"뉘시오?"

북궁천은 목을 가다듬고 나름대로 정중하게 말했다.

"물어볼 게 있어서 왔소. 문을 열어 주시오."

"죄송하지만 본 장은 사람을 받지 않소. 딱히 대답해 줄 것도 없고 말이오.”

“귀장의 주인인 헌원려려에 대해서 물어보려는 거요.”

“주인님에 대해선 더더욱 모르오. 어느 날 갑자기 떠나셔서 이 늙은이도 아는 것이 없소.”

북궁천도 이미 알고 있는 사실이었다. 그래도 어느 날 갑자기 떠났다는 말을 듣고 나니 웃음이 나왔다.

‘그러고 보면 그녀나 나나 비슷한 면이 있군.’

그는 자신과 그녀 사이에 공통점이 있다는 것을 확인한 것만으로도 기분이 좋아졌다.

“정말 어디로 갔는지 모르시오?”

“알면 말씀드리지 왜 안 드리겠소? 지금까지 수많은 사람이 찾아와서 물었지만 대답은 항상 같았소. 당장 죽인다 해도 모르는 것을 알려 줄 수는 없는 일 아니오?”

그 말 역시 믿었다. 사대원로가 사람을 보내서 오죽 닦달했을까?

그 노인네들이 극성을 부렸을 텐데도 밝혀내지 못했다면 거짓이 아니라는 말이었다.

북궁천은 쓴웃음을 지으며 돌아섰다.

비록 그녀가 간 곳을 알아내진 못했지만, 그녀의 집에 와 봤다는 것만으로도 그간의 아쉬움이 많이 덜어졌다.

‘려려, 나중에 올 때는 너와 함께 왔으면 좋겠구나.’

고개를 돌려 헌원가를 돌아다본 그는 미련을 남기지 않

고 걸음을 옮겼다.

그리고 허공을 향해서 남에게 말하듯이 중얼거렸다.

"우리 내기할까? 내가 려려를 찾을 수 있는지, 없는지."

대답은 들려오지 않았다. 그런데도 그가 또다시 말했다.

"만약 내가 려려를 찾아내지 못하면, 단숙에게 자유를 주지. 하지만 찾아내면, 단숙은 내 곁을 떠날 수 없어. 려려를 지켜 줘야 되니까."

역시나 아무런 대답도 들려오지 않았다.

대신 그에게서 십여 장 떨어진 숲 속의 허공이 순간적으로 흔들렸다.

*　　　*　　　*

북천궁을 떠나온 지 사흘째.

북궁천은 한가로운 걸음으로 계곡길을 따라 남쪽으로 향했다. 배가 조금 고프긴 하지만 주위 풍경이 워낙 아름다워서 참고 걸을 만했다.

'괜찮은 곳이 있으면 이곳에서 하룻밤 지내고 가야겠군. 토끼라도 잡아서 배도 좀 채우고.'

그렇게 구름 위를 걷듯이 걸어가던 북궁천이 호수를 본 것은, 태양이 서산으로 곤두박질치며 붉게 타오를 때였다.

호수는 주위의 멋진 산세와 어우러져 감탄이 절로 나올

만큼 아름다웠다.

호수의 아름다움에 취한 그는 오래 생각할 것도 없이 그곳에서 노숙을 하기로 결정했다.

암벽과 소나무가 한 폭의 그림처럼 펼쳐진 산을 베개 삼고, 별빛이 찬란한 하늘을 이불 삼아 덮고 누워 있으면 선녀가 내려오는 걸 볼 수 있을 듯했다.

'신선보단 선녀가 낫겠지? 그 전에 배를 채우는 게 먼저지만.'

신선이고 선녀고 배가 부른 다음의 이야기였다.

'돈을 좀 가지고 나왔으면 좋았을 텐데……'

그랬으면 끼니마다 짐승을 잡을 것도 없이 음식을 사 가지고 다니면 될 것이 아닌가.

그가 아쉬움을 달래며 호수를 향해 다가갈 때였다.

쏴아아아아.

바람이 솔잎을 쓸고 지나가는 소리와 함께 기이한 기운이 빠르게 밀려들었다.

북궁천은 걸음을 멈추고 미간을 좁혔다.

'누구지?'

자신을 찾아 나선 북천궁 사람들인가?

하지만 곧 생각을 바꿨다.

밀려드는 기운에서 살기가 느껴졌다. 북천궁 사람 중에는 자신의 앞에서 살기를 드러낼 만큼 간덩이가 부은 사람이 없었다.

그가 생각에 골몰한 사이 살기 어린 기운이 근처까지 다가왔다. 그리고 곧 호숫가에 세 사람이 날아들었다.

북궁천은 생각을 멈추고 그들을 바라보았다.

선녀 대신 나타난 자들은 모두 사십 대의 중년인들이었다.

그들은 무기를 들고 있었는데, 철천지원수라도 되는 것처럼 살기를 뿜어내며 서로를 노려보고 있었다.

큰 키에 빼빼 마른 자는 검을 들고 있었고, 키는 조금 작아도 체구가 탄탄해 보이는 갈의인은 도를 들고 있었다.

그리고 다른 한 사람은 흐트러진 머리에 청의도 여기저기 찢어져 있었는데, 보아하니 검과 도를 든 두 사람이 그를 노리는 듯했다.

북궁천은 그들에게서 흘러나오는 기운이 범상치 않음을 알고 눈살을 찌푸렸다.

자신이 신경 쓸 정도는 아니지만, 제법 강력한 기운을 지닌 자들이었다.

한 자리에 고수가 셋이나 나타나다니. 그것도 이렇게 외진 산속에.

북궁천은 나서지 않고 돌아가는 상황을 지켜보기만 했다.

그 때 또 다른 기운이 느껴졌다.

바람을 타고 은은하게 밀려드는 기운.

그 기운 중에는 북궁천을 긴장시킬 만큼 가공할 힘이 내
포된 것도 있었다.

대체 무슨 일 때문에 이런 고수들이 모여드는 걸까?

그는 호숫가를 보며 망설였다.

흥미 있는 구경거리임에는 분명한데, 마냥 즐거워하기에
는 몰려드는 자들이 너무 강하다는 게 문제였다.

지금의 그는 이 년 전의 북천마제가 아닌 것이다.

'그렇다고 해서 이 북궁천이 그냥 돌아설 순 없지.'

이 년간 술에 찌들었다 하나 자신은 북천의 주인, 마제가
아닌가!

그는 팔짱을 끼고서 오만한 표정으로 턱을 쳐들었다.

그 때였다. 검을 든 자가 입을 열었다.

"육대기, 좋은 말로 할 때 물건을 내놓아라. 순순히 물건
을 내놓는다면 그냥 보내 주겠다."

청의인은 누런 이를 드러내며 씩 웃었다.

"연산의 조화문이 개소리를 지껄일 때가 있다니. 강호의
친구들이 알면 배꼽 잡고 웃겠군."

"쓸데없는 고집부리지 말고 우리에게 넘기지 그러나? 설
마 네가 영물의 내단을 얻었다는 걸 우리만 알고 있을 거라
고 생각하는 건 아니겠지?"

"영물? 내단? 네가 봤어? 별 미친놈을 다 봤군. 엊그제는

어떤 놈이 헛소리를 질러 대서 나를 힘들게 하더니, 오늘은
또 별 미친놈이 다 개소리를 지껄이는구나.”

찰나였다.

“이놈!”

칼을 든 자가 땅을 박차고 육대기를 공격했다.

그는 연산쌍객(連山雙客) 중 둘째인 칠절도객(七絶刀客)
구자겸으로, 그의 참월도(斬月刀)는 하북의 팽가조차 어려워
한다는 절기였다.

육대기는 참월도의 무서움을 잘 알기에 대응하지 않고 전
력을 다해서 신법을 펼쳤다.

촤아아악.

도세가 훑고 지나간 호숫가의 땅바닥이 이 장 길이로 깊
게 갈라졌다.

그러나 적은 하나가 아닌 둘이었다.

육대기가 참월도의 도세에서 몸을 빼내자 조화문이 섬전
처럼 검을 내질렀다.

쐐액!

육대기는 봉처럼 생긴 괴상하게 생긴 쇠막대를 휘두르며
정신없이 몸을 날렸다.

신법이라면 나름대로 한가락 한다는 그였다.

그러나 적들은 하북에서 내로라하는 절정고수인 연산쌍
객. 하나도 어려운 판에 둘을 상대하는 것은 그의 한계를

넘어선 일이었다.

따당! 쩡!

쇠막대로 검과 도를 막고 뼈가 없는 연체동물처럼 몸을 틀며 움직여 보지만, 삼초가 지나기 전에 그의 옷이 두어 군데 더 갈라졌다.

이대로 십초만 더 흐르면 옷이 아니라 살과 뼈가 갈라질 상황. 육대기는 두 사람의 공격을 피하는 와중에도 눈알을 굴렸다.

그 때 숲 가장자리에 서 있는 청년이 보였다.

키가 크고 어깨도 넓어서 겉모습은 뭔가 있는 놈처럼 보이는데, 머리가 부스스하고 눈이 휑한데다가 무기도 없는 걸 보니 빛 좋은 개살구 같았다.

번개처럼 머리를 굴린 그는 품속에서 작은 상자를 꺼내더니 개살구를 향해 힘껏 던지며 소리쳤다.

"야! 갖고 튀어!"

북궁천은 자신을 향해 날아오는 상자를 보며 이마를 좁혔다.

자신에게 한 말은 분명해 보였다. 상자는 자신을 향해 정확히 날아오고, 근처에는 아무도 없었으니까.

그런데 왜 저자는 자신에게 상자를 던지는 걸까? 더구나 가지고 튀라니?

'나를 아는 사람인가?'

그건 아닌 것 같았다. 자신을 안다면 감히 '야!' '튀어!'라고 말하지 않았을 것이다.

어쨌든 자신을 향해 날아드는 물건을 쳐다만 볼 순 없는 일. 그는 손을 뻗어서 상자를 받았다.

그 순간, 그와 십오륙 장 떨어진 숲 속에서 두 사람이 날아왔다.

북궁천의 좌우에 내려선 그들은 번뜩이는 눈으로 상자를 쳐다보며 오만한 어조로 말했다.

"그걸 나에게 넘겨라."

"살고 싶으면 이리 줘라, 꼬마야."

북궁천은 두 사람을 천천히 둘러보았다.

예순 전후로 보이는 노인들. 북천궁에서도 이들 정도의 강자는 스무 명 안팎일 정도로 강한 기운을 지닌 자들이었다.

"둘 중 어느 분을 줘야 하오?"

좌측의 백의노인이 먼저 웃는 표정으로 손을 뻗었다.

"나에게 주면 된다."

그러자 우측의 청의노인이 냉랭히 말했다.

"그에게 주면 너는 내 손에 죽는다."

북궁천은 상자를 가슴 높이로 쳐든 채 담담히 말했다.

"아무래도 두 분이 먼저 협상을 하셔야 할 것 같은데, 어떻게 하겠소?”

하지만 상자를 노리는 자들은 그들만이 아니었다.

구자겸이 육대기를 조화문에게 맡겨 놓고 북궁천이 있는 곳으로 날아들며 소리쳤다.

“어림없는 소리! 그것은 우리 연산쌍객의 것이니 늙은이들은 물러나라!”

백의노인의 고개가 그를 향해 돌아갔다.

“저게 왜 너희들 것이지? 육대기가 주인 아니냐? 그리고 육대기는 저 꼬마에게 줬고.”

“흥! 그렇게 된 것이 결국 우리들로 인해서가 아닌가? 두 늙은이는 내 칼이 춤을 추기 전에 썩 물러가라!”

“그놈, 말귀를 못 알아듣는군.”

백의노인은 웃음을 지으며 청의노인을 바라보았다.

“일단 거치적거리는 것들부터 치우고 보는 게 어떻겠나?”

“네가 치워라.”

백의노인은 두말하지 않고 구자겸을 향해 발을 내딛었다.

“노부가 누군지 아느냐?”

공력을 끌어 올리고 백의노인을 노려보던 구자겸은 흠칫하며 칼을 들어 올렸다.

“오늘 처음 보는 늙은이를 내가 어찌 안단 말이냐?”

“노부를 모르다니. 죽어도 싼 놈이군.”

백의노인의 웃음이 짙어졌다.

그 때 육대기와 싸우고 있던 조화문이 소리쳤다.

"아우, 물러서라! 그자는 소소신마(素笑神魔)다!"

백의노인은 하얗게 웃으며 손을 뻗었다.

"맞아, 남들이 노부를 그렇게 부르지."

대경한 구자겸은 칼을 휘두르며 뒤로 물러섰다.

하지만 그는 거미줄에 걸린 파리처럼 소소신마의 손에서 벗어날 수가 없었다.

도영 사이로 파고든 소소신마는 좌수로 칼을 쳐 내고, 우수를 갈고리처럼 구부려서 구자겸의 가슴을 찍었다.

구자겸은 반사적으로 좌수를 들어서 소소신마의 공격을 막았다.

와직!

좌수의 뼈가 으스러지고, 거대한 충격이 가슴을 강타했다.

구자겸은 신음을 토해 내며 뒤로 날아갔다.

"크어억!"

"아우!"

조화문은 육대기를 놔둔 채 소소신마를 향해 몸을 날렸다.

구자겸을 처리한 소소신마는 뒤로 물러나며 청의노인에게 말했다.

"저놈은 네가 처리해."

순간, 청의노인이 조화문을 향해 몸을 날리며 허리춤의
칼을 잡았다.

번쩍!

한 줄기 번개가 석양을 가르며 조화문을 덮쳤다.

쩡!

중동이 잘린 검날이 허공으로 날아가고, 조화문의 몸도
한쪽으로 튕겨졌다.

겨우 중심을 잡고 몸을 세운 조화문은 이를 악물고 청의
노인을 바라보았다. 그는 단 일도를 상대해 보고 청의노인
의 정체를 파악했다.

"구중마도(九重魔刀) 역수관?"

청의노인은 더 이상 그를 공격하지 않고 육대기에게 말했
다.

"우리가 누군지 알았으면, 물건을 확인할 때까지 도망칠
생각 마라. 도망치면 네놈의 팔다리를 모조리 잘라서 늑대
밥으로 만들 테니까."

말 몇 마디로 육대기를 석상으로 만든 그는 북궁천이 있
는 곳으로 돌아왔다.

"이제 그것을 누구에게 주는 것이 옳을지 판단이 섰을 것
이다. 상자를 이리 던져라."

북궁천은 여전히 상자를 가슴 높이로 든 채 육대기를 바
라보았다.

얼굴이 창백하게 질린 육대기는 이를 악물고 눈알을 굴렸다.

소소신마 동고완. 구중마도 역수관.

하북과 산서에서 가장 무서운 이름, 북성팔마(北星八魔) 중 둘이 첩첩산중(疊疊山中)에 나타난 것이다.

화령금각사가 아무리 천고의 영물이라지만, 설마 저들까지 나타날 줄이야.

그가 사시나무처럼 떨리는 몸을 억지로 진정시키고 있는데, 북궁천이 그에게 물었다.

"이 상자의 물건이 정말 이 사람들이 노리는 것인가?"

의아할 정도로 태연한 태도, 오만함마저 느껴지는 말투임에도 누구 하나 그 점에 대해선 신경 쓰지 않았다.

그저 '간이 탱탱 부은 놈이군.' 그렇게 생각할 뿐.

육대기는 북궁천의 질문을 받고 눈알을 굴렸다.

어디서 들어 본 목소리 같긴 한데 지금은 그에 대해 신경 쓸 정신이 없었다.

"무, 물론이다. 그 안에 분명 화령금각사의 내단이 들어 있다."

"그런데 왜 이걸 나에게 준 거지?"

"그, 그야 나는 이들을 막을 수 없으니……."

"그럼 나에게 줄 것까진 없잖아? 그냥 내주면 될 텐데 말이야. 혹시 가짜 아닌가?"

소소신마 동고완이 북궁천의 말뜻을 눈치채고 육대기를 향해 고개를 돌렸다.

"이 애송이의 말도 일리가 있군."

역수관은 좀 더 구체적으로 요구했다.

"옷을 모두 벗고 뒤로 물러서라, 육대기."

사색이 된 육대기는 애원하듯이 말했다.

"저, 정말입니다. 내단은 분명 그 상자 안에……."

그 때였다.

"나도 네 말을 믿을 수 없다!"

웅혼한 목소리와 함께 한 사람이 허공을 걷듯이 날아오더니 육대기의 옆으로 내려섰다.

쉰 살가량에 당당한 몸집을 지닌 그는 육대기로부터 이 장 떨어진 곳에 내려서서 손을 뻗었다.

"이리 와라!"

일성을 내지른 그는 손을 당겼다.

아무리 부상을 입었다지만, 육대기도 명색이 강호의 고수였다.

그런데 상대의 손이 당겨지자 육대기의 몸이 휘청거리며 끌려갔다.

가공할 허공섭물!

기겁한 육대기는 딸려 가지 않기 위해서 이를 악물고 버텼다.

"이놈! 어디서 헛수작을 부리는 거냐!"

"손을 거둬라!"

생각지도 못한 상황.

동고완과 역수관은 노성을 내지르고는, 북궁천을 놔둔 채 신형을 날렸다.

북궁천 정도는 도망가도 언제든 잡을 수 있다고 생각한 건지, 아니면 상자를 가짜라 생각했는지 알 순 없지만.

그러나 북궁천은 도망갈 생각이 없었다.

처음에는 엉뚱하게 휘말려서 조금 짜증이 났는데, 돌아가는 상황이 무척 재미있었다. 전설에서나 나오는 영물의 내단이 나타났다는 것도 신기했고.

그는 이채 띤 눈으로 새로 나타난 자를 지그시 응시했다.

쉰 전후로 보이는 황의중년인이 바로 조금 전에 느꼈던 가공할 기운의 주인이었다.

천하의 북천마제가 보고 있는 것만으로도 호승심을 느낄 만큼 강한 자.

'누군지 몰라도 정말 대단한 자군.'

그가 바라보는 사이, 동고완과 역수관이 황의중년인을 덮쳤다.

황의중년인은 육대기를 향해 뻗은 손을 거두어서 두 사람을 향해 휘둘렀다.

콰아아아아!

석양빛 때문인지 은은하게 황금빛으로 빛나는 장력이 파도처럼 밀려갔다.

쩌정! 콰르릉!

가공할 기운의 충돌 여파에 대지가 들썩거리고, 호수의 물이 허공으로 솟구치며 출렁거렸다.

비틀거리며 물러선 동고완과 역수관은 경악한 표정으로 중년인을 노려보았다.

그 때 정신없이 뒤로 물러선 육대기가 눈을 부릅뜨고 떨리는 목소리로 말했다.

"서, 설마…… 금황신군(金皇神君)…… 관호명?"

중년인은 대소를 터트리며 동고완을 향해 쌍장을 휘둘렀다.

"으하하하! 소소신마 동고완! 자신이 있으면 내 장력을 받아 봐라!"

동고완은 상대의 정체를 알고 대경했다.

오행신군(五行神君)이라 불리는 우내오군(宇內五君) 중 한 사람이 이곳에 나타날 줄이야!

하지만 일장 대결로 자존심이 상한 그는 전력을 다해서 그에 맞섰다.

"오냐, 이놈!"

콰앙!

두 사람의 장력이 정면으로 부딪치며 산천을 떨쳐 울렸

다.

머리가 풀어헤쳐진 동고완은 허우적거리며 뒤로 물러나서 허리를 구부렸다.

우웩!

한 모금의 피를 토해 낸 그는 아연한 눈으로 관호명을 올려다봤다.

"이, 이런 빌어먹을 일이……."

그 순간, 역수관이 관호명을 공격했다.

떠더덩!

연이은 굉음이 울리고, 석양빛에 물든 대기를 찢어발기며 관호명을 덮치던 역수관이 뒤로 튕겨졌다.

비틀거리며 겨우 몸을 세운 그는 한광을 번뜩이며 관호명을 노려보았다.

"소문으로 듣던 것보다 더 강하구나, 관호명!"

관호명은 안중에도 없다는 듯 오만한 말투로 말했다.

"자신의 처지를 알았으면 그만 물러들 가시지. 다 늙어서 산속 짐승들의 밥이 되고 싶지 않다면 말이야."

역수관은 새파랗게 독기가 번들거리는 눈으로 관호명을 보며 이를 악물었다.

단 한 수의 대결이지만 그는 자신이 관호명의 적수가 되지 못 함을 절감해야만 했다.

'동가와 힘을 합치면 저놈을 이길 수 있을까?'

교활하게 잔머리나 굴리는 동고완이 마음에 들진 않지만, 방법이 그것밖에 없다면 어쩔 수 없었다.

그런데 바로 그 때, 역수관과 관호명이 대치한 틈을 타서 동고완이 뒤로 몸을 날렸다.

자신과 역수관이 힘을 합쳐도 관호명을 이기기 힘들 것 같았다. 그렇다면 육대기는 관호명의 손에 넘어간 거나 다름없는 상황.

그는 육대기를 넘겨주는 대신 상자라도 취하기로 했다.

진품은 아닐지 몰라도, 육대기의 품에서 나왔다면 평범한 물건 또한 아닐 것이 분명했다.

어쩌면 진짜일지도 모르고.

"이리 내놓아라, 꼬마야!"

북궁천을 윽박지른 그는 손을 쫙 뻗어서 상자를 잡아 갔다.

북궁천은 그를 향해 한 발 내디디며 불쑥 상자를 내밀었다.

갑작스런 행동.

거기다 거리가 가까워 피할 틈도 없었고, 결정적으로 동고완은 북궁천을 너무 얕보았다.

퍽!

"켁!"

상자에 코를 얻어맞은 동고완은 고개를 기묘하게 젖히고

뒤로 벌러덩 뒤집어져서 땅바닥에 널브러졌다.

코뼈가 완전히 함몰된 상태. 얼마나 큰 충격을 받았는지 그는 부들부들 떨면서 일어나지 못했다.

"줘도 못 가져가는군."

북궁천은 별일 아니라는 듯 중얼거리며 호숫가를 바라보았다.

사람들이 기괴한 표정으로 그를 바라보고 있었다.

심지어 관호명조차 이런 상황은 생각을 못 한 듯 대소를 터트렸다.

"우하하하하! 이거, 젊은 친구에게 한 방 맞았군!"

하지만 역수관은 그때까지도 동고완의 실력이 젊은 놈보다 모자라서 무너졌다는 생각은 눈곱만큼도 하지 않았다.

동고완이 쓰러진 이상 혼자서는 관호명을 상대할 수 없는 상황. 그는 동고완과 비슷한 생각을 하고서 북궁천을 향해 몸을 날렸다.

단, 동고완처럼 무방비 상태가 아닌 칼을 앞세우고서.

도기를 한껏 피워 올린 채!

애송이의 팔을 자르면 간단히 해결될 일이 아닌가 말이다.

쉬쉬쉭!

이번에도 북궁천은 역수관의 칼을 막기 위해서 상자를 든 손을 내밀었다.

그 모습에 육대기가 깜짝 놀라서 소리쳤다.

"안 돼! 그러면 내단이 깨질지도 몰라!"

그 소리에 역수관은 눈빛을 번뜩이고, 조화문은 눈치를 보고, 관호명은 얼굴이 굳어졌다.

절박한 목소리!

그렇다면 상자에 진짜로 내단이 들어 있단 말인가?

조화문은 깊게 생각하지 않고 역수관의 뒤를 따라서 몸을 날렸다. 역수관이 성공하면 그의 등을 칠 것이고, 실패하면 젊은 놈을 공격할 작정이었다.

성공 확률은 절반 정도.

상자를 취해서 숲 속으로 도주하면, 관호명이 제아무리 천하제일을 다투는 절대고수라 해도 쉽게 잡히지는 않을 것이었다.

그리고 금황신군 관호명도 육대기에게서 시선을 떼고 역수관과 조화문의 행동을 지켜보았다.

따다당! 쩌정!

북궁천은 상자의 모서리로 교묘하게 역수관의 도신을 쳐냈다.

도기가 넘실거리는 역수관의 도가 옆으로 틀어졌다.

그와 동시, 북궁천의 좌수가 역수관의 가슴으로 파고들었다.

숨이 턱 막힐 정도의 경력을 동반한 채!

‘헉!’

기겁한 역수관은 몸을 빙글 돌리며 경력을 흐트러뜨리고 섬전처럼 칼을 휘둘렀다.

도기로 펼쳐진 도막에 북궁천의 좌수가 꽂혔다.

떠더덩!

온몸이 짜르르 울리는 충격!

“크으으윽.”

얼굴이 와락 일그러진 역수관은 뒤로 주르륵 물러났다.

북궁천도 미간을 좁혔다.

이전의 상태만 생각하고 맨손이나 다름없는 상태로 역수관의 도기를 상대했다. 그런데 아무래도 무리였나 보다.

‘제길, 생각보다 더 엉망인데?’

술로 지낸 세월이 얼만가. 몸이 정상이면 그게 이상했다.

그 때 조화문이 물러서는 역수관의 머리를 타 넘으며 그를 공격했다.

쉬아아악!

섬전처럼 날아드는 시퍼런 검기!

조화문의 실력이 역수관에 비해 한 수 아래라 하나 섬전처럼 빠른 그의 검세는 절기라 부르기에 손색이 없었다.

더구나 지금은 북궁천도 미미하나마 진기가 흔들린 상태고, 기습의 시기가 워낙 절묘했다.

하지만 북궁천은 그 자리에 우뚝 서서 삼권을 내질렀다.

실력이 한참 아래인 자를 상대하면서 물러선다는 것은 마제의 체면 문제.

콰과광!

조화문은 일권에 멈칫하고, 이권에 검이 옆으로 틀어졌다. 그리고 세 번째 권력에 숨이 턱 막히는 충격을 받고 뒤로 튕겨졌다.

"크억!"

북궁천은 조화문을 튕겨 내고 이마를 잔뜩 찌푸렸다.

역시나 진기의 흐름이 예전 같지 않았다.

하긴 북천궁을 떠나온 후에야 제대로 된 운기조식을 했을 정도니 기혈이 막히지 않은 것만도 다행일지 몰랐다.

문제는 가장 강한 자가 남아 있다는 것이다. 몸 상태가 정상이라 해도 무시할 수 없는 자가.

"정말 대단한 친구군!"

관호명이 감탄사를 터트리며 북궁천을 향해서 걸음을 떼었다. 육대기는 주저앉아 있었는데 그사이 혈도를 제압당한 듯했다.

북궁천은 처음으로 긴장감을 느꼈다.

상대는 금황신군이다. 중원에서 열 손가락에 든다는 절대고수 중 한 사람.

정상적인 상태였다면 오랜만에 괜찮은 적수를 만났다며 정말 즐거운 마음으로 대했을 것이다. 하지만 지금은 그럴 수가 없었다.

몸은 엉망이고 진기마저 흔들린 상태. 공력마저 예전에 비해서 칠 할 정도의 수준이었다.

그는 암중에 진기를 안정시키며 오만한 눈빛으로 관호명을 바라보았다.

"금황신군이라는 이름을 들어 보긴 했지만 이런 자리에서 만날 줄은 몰랐소."

"나는 자네의 정체가 더 궁금하군. 이름이 뭔가?"

"알려 줄 수 없는 사정이 있으니 아쉬워도 참으시오."

"하긴 중요한 것은 이름이 아니지. 자네, 그 물건을 나에게 넘겨줄 수 없나? 꼭 필요한 곳이 있어서 말이야."

북궁천은 상자를 머리 위로 들어 올렸다.

"이게 진짜라고 생각하시오?"

"진짜든 가짜든, 일단 확인을 해 봐야겠네."

"나는 귀하에게 주고 싶은 마음이 없는데? 정 확인하고 싶다면 내가 상자를 열어 보겠소."

확인하는 거야 누가 한들 무슨 상관일까.

그러나 상자 안의 물건이 진품일 경우 절대 내주려 하지 않을 터. 관호명은 북궁천이 상자를 여는 걸 원치 않았다.

"아니네, 내가 직접 확인해 보고 싶군."

북궁천은 차가운 눈빛으로 관호명을 직시한 채 입술을 비틀었다.

"싫다? 훗, 그렇다면 어쩔 수 없지. 어디 오늘 강호의 맛 좀 볼까?"

조소를 띤 채 혼잣말처럼 중얼거린 그는 상자를 앞으로 뻗으며 관호명을 자극했다.

"이 상자를 갖고 싶으면…… 나를 이겨 봐."

관호명의 굵은 눈썹이 꿈틀거렸다.

"원한다면!"

순간이었다.

성큼성큼 걸어가는 관호명의 전신에서 강렬한 기운이 폭발하듯이 뿜어졌다.

"무기가 있으면 사용해도 좋다!"

북궁천이 손에 든 상자를 품에 집어넣고 맞받아쳤다.

"신경 쓰지 말고 공격이나 하시지!"

찰나였다.

관호명의 쌍장에서 회오리바람 같은 장력이 뿜어져 나왔다.

고오오오!

북궁천은 상대의 장력이 코앞까지 다가오자, 공력을 모조리 끌어 올려서 북천의 절기 중 하나인 앙천회류장(仰天回流掌)을 펼쳤다.

콰르릉! 콰과광!

두 사람 사이에서 천둥벼락이 치고 기의 폭풍이 일었다.

관호명은 북궁천의 장력을 대하고 신광을 번뜩였다.

"좋구나! 어디 있는 재주를 모조리 꺼내 봐라!"

그는 흥이 돋은 듯 자신의 성명절기인 금라신공(金鑼神功)을 펼치며 북궁천을 몰아붙였다.

우우우웅!

일장을 떨칠 때마다 징의 떨림처럼 허공이 울렸다.

충돌의 여파가 회오리치며 일대를 휘감았다.

그러던 어느 순간!

쾅!

일성 굉음과 함께 두 사람이 뒤로 죽 밀려났다.

얼음판을 미끄러지듯 일 장이나 밀려난 북궁천은 이를 지그시 악물었다.

가슴이 먹먹했다. 진기가 요동치며 온몸이 짜릿짜릿했다.

등골을 타고 밀려드는 짜릿한 긴장감!

그는 그 점이 못마땅했다. 마제가 중원의 우내오군 따위를 처리 못 해서 긴장하다니!

관호명도 경악을 금치 못했다.

잘 봐 줘야 이십 대 후반. 그런 나이에 자신과 비등한 실력을 지닌 자가 관외에 있다니.

대체 저 젊은 자가 누구기에?

하지만 두 사람이 멈칫거린 것은 순간뿐. 그들은 누가 먼저라 할 것 없이 서로를 향해 몸을 날리며 쌍장을 휘둘렀다.

또 다시 가공할 기운이 둘 사이를 진공 상태로 만들며 서로를 향해 밀려갔다.

한 사람은 북천의 주인, 한 사람은 우내오군 중 하나.

이제 두 사람은 상자 속의 내단보다도 자존심 때문에 질 수가 없었다.

콰르르르릉!

뇌성벽력이 연속적으로 울렸다.

두 사람의 경력이 충돌할 때마다 먼지구름이 일며 일대가 안개라도 낀 것처럼 뿌옇게 변했다.

자존심이 걸린 오초의 공방.

결전이 벌어지는 중심은 십여 장이 폐허가 된 상태. 바위고 나무고 모조리 가루가 되어서 평지가 되어 버렸다.

중상을 입은 역수관과 조화문은 강기의 여파를 피하기 위해 혼신의 힘을 다해서 숲 속으로 도주했다. 겨우 정신을 차린 동고완은 기다시피 거리를 벌리고, 구자겸의 몸뚱이는 기의 폭풍에 휘말려서 이 장 밖으로 날아갔다.

콰과광!

다시 한 번 대기가 터져 나가며 두 사람의 몸이 뒤로 날아갔다.

이 장을 날아가 내려선 북궁천의 얼굴이 일그러졌다.

주 혈맥은 큰 이상이 없지만 세맥이 약화된 상태. 이전만 생각하고 펼친 연환 공격은 연결이 단절되며 제 위력을 발휘하지 못하고 있었다.

북궁천은 짜증이 난 표정으로 관호명을 노려보았다.

'제길, 이게 무슨 꼴이야?'

그 때 단무영의 전음이 고막을 울렸다.

─ 주군, 제가 돕겠습니다.

─ 마제의 싸움이야! 나서지 마!

북궁천은 단무영의 도움을 거절하고 공력을 모조리 끌어올렸다.

단무영이 아무리 그의 비밀 호법이라 해도 일대일 대결에서 도움을 받는다는 것은 마제의 자존심상 허락할 수 없었다.

한편, 그와 비슷한 거리를 물러선 관호명도 정상은 아니었다.

풀어헤쳐진 머리, 창백해진 안색.

관외(關外)에 와서 이런 일이 벌어질 줄은 상상도 못 했던 그였다.

분노와 호승심이 뒤범벅된 그는 금라신공을 십성까지 끌어 올렸다.

흐트러진 머리카락이 사자 갈기처럼 뻗고 장포가 바람도 없는데 찢어질 듯이 펄럭였다.

"이번으로 끝내자!"

일갈을 내지른 그는 쌍장을 머리 높이로 들어 올린 채 신형을 날렸다.

고오오오오!

은은한 금빛이 흐르는 장력이 안개처럼 퍼진 먼지구름을 뚫고 북궁천을 덮쳤다.

북궁천도 끌어 올린 공력을 쌍장에 집중시키고 호기롭게 소리쳤다.

"얼마든지 덤벼 봐!"

두 다리를 아름드리 철주처럼 땅에 박고 선 그는 관호명의 장력에 정면으로 맞섰다.

대기를 뒤트는 가공할 기운이 금빛 장력을 휘감았다.

일 장의 간격을 두고 두 줄기 공세가 부딪친 순간!

콰과광!

두 사람을 중심으로 일대의 땅이 원을 그리며 터져 나갔다.

십 장이나 떨어진 호수에선 파도가 출렁거렸다.

북궁천은 두 발이 땅에 박혀 키가 한 자 정도 작아진 상태. 반면 삼 장을 날아간 관호명은 단단하게 굳은 땅에 일곱 치 깊이의 발자국 세 개를 남기고 물러선 뒤 멈춰 섰다.

투두두둑.

허공으로 튀어 오른 돌과 흙들이 땅에 떨어졌다. 먼지구름이 바람에 실려 숲 쪽으로 밀려갔다.

"과연 천하는 넓구나. 관외에 너같이 젊은 고수가 있었다
니……."

얼굴이 창백해진 관호명이 진심 어린 감탄을 내뱉었다.

그러나 북궁천은 아무 말도 할 수가 없었다.

엉망인 몸으로 십성 공력을 끌어 올렸더니 진기가 역류하
고 있었다. 숨을 한 번 쉴 시간도 아껴서 역류하는 진기를
바로잡아야 했다.

바로 그 때, 안개처럼 뿌연 흑영 한 줄기가 육대기 쪽으로
날아갔다.

"허튼 수작 부리지 마라!"

흑영의 움직임을 감지한 관호명이 노성을 내지르고 땅을
박찼다.

뿌연 흑영의 정체는 머리에서 발끝까지 온통 시커먼 흑포
복면인이었다. 육대기의 등 뒤로 내려선 그는 육대기의 어깨
와 목 뒤를 향해 손을 뻗었다.

관호명이 점혈한 마혈은 거골과 천주혈. 흑포인은 육대기
의 마혈을 해혈해 주고 다시 허공으로 솟구쳤다.

관호명은 노성을 내지르며 흑포복면인을 향해 쌍장을 휘
둘렀다.

"어림없다, 이놈!"

퇴로를 차단당한 흑포복면인은 검을 빼 들고 관호명의
공세에 정면으로 대응했다.

쩌저저적! 콰과과광!

섬전이 번뜩이며 금빛 광채가 갈가리 찢겨져 나갔다.

용권풍에 휘말린 것처럼 먼지구름이 하늘 높이 솟구치고, 그 여파에 바위조차 가루가 되었다.

찰나지간에 벌어진 삼초의 대결!

그 격돌이 어찌나 강력한지 관호명조차 견디지 못하고 뒤로 일곱 자나 미끄러지듯이 밀려났다.

반면 흑포복면인은 뒤로 훌훌 날아가서 북궁천 앞에 내려섰다.

관호명은 상대가 북궁천의 일행임을 알고 바짝 긴장했다.

겉으로 표가 나지 않을 뿐 내상이 심각한 상태였다. 게다가 상대는 평상시라 해도 십여초를 상대해야 꺾을 수 있는 고수.

그는 주먹을 말아 쥐며 한 줌 아껴 놓았던 공력까지 모조리 끌어 올렸다.

그 순간, 전음 한 줄기가 그의 귓속을 파고들었다.

– 우리와 싸우든 육대기를 잡든, 둘 중 하나를 택하시오.

멈칫한 관호명은 튕기듯이 뒤로 몸을 날렸다.

혈도가 풀린 육대기가 도망치고 있었다.

어차피 젊은 놈과 흑포인을 혼자 상대하기는 무리인 상황. 육대기라도 잡아야 했다.

그가 자신이 원하는 것을 가지고 있다면 더 좋은 일이고.

“육대기! 죽기 싫으면 멈춰라!”

한편.

북궁천은 눈앞에서 벌어지는 광경을 빤히 바라보며 땅에 박힌 발을 빼냈다.

퉤!

입안에 고인 피를 뱉어 낸 그는 진기를 일주천시켰다.

역류하는 기운을 가까스로 진정시키긴 했지만 혈도 몇 군데의 경맥이 엉망이었다.

세상에 나오자마자 심각한 내상을 입다니.

아무리 몸 상태가 엉망이라 해도, 상대가 금황신군 관호명이라 해도 어이없는 일이 아닐 수 없었다.

‘사대원로가 알면 방방 뜨겠군. 아니지, 좋아하려나?’

자신의 무단외출을 수습하면서 이를 갈고 있을 게 분명했다.

아마 자신의 지금 상황을 알면, 그러게 누가 술독에 빠져 살라고 했냐면서 꼴좋다고 할지 몰랐다. 아니면 팔다리가 부러지지 않은 걸 아쉬워할지도 모르고.

그래도 한 가지는 배웠다.

세상이 결코 만만한 곳은 아니라는 걸.

‘하긴 만만한 곳이면 재미가 없지.’

그 때 흑포복면인, 단무영이 북궁천에게 다가갔다.

"저는 육대기의 혈도를 풀어 줬을 뿐입니다. 뭐라고 하지 마십시오."

북궁천은 그를 째려보았다.

그의 간섭을 탓하려는 것이 아니었다.

"자신의 장기를 버리고 정면으로 붙으면 어쩌자는 거야? 그가 나와 싸우느라 내상을 입었기에 망정이지, 큰일 날 뻔했잖아?"

단무영도 모르지 않았다. 자신의 신법이라면 피할 수 있었다. 그런데도 정면으로 붙은 것은, 자신이 조금이라도 관호명에게 충격을 주면 북궁천이 편할 것 같았기 때문이다.

하지만 단무영은 굳이 변명하지 않고 손을 내밀었다.

"제가 부축하겠습니다, 주군. 가시지요."

자존심이 상한 북궁천은 손을 흔들어 단무영의 도움을 거절했다.

"괜찮아. 이 정도로는 끄떡없어. 제길, 나오자마자 이게 무슨 꼴이야."

"독한 술을 너무 오랫동안 마셨습니다. 그러게 제가 술 좀 적당히……"

"잔소리 그만하고 가."

툭 쏘아붙인 북궁천은 어깨를 펴고 당당히 걸음을 옮겼다.

걸음을 옮길 때마다 속이 울렁거리고 전신이 저릿저릿했
다. 하지만 단무영에게 잔소리를 듣기 싫어서 꾹 참고 걸었
다.

'다른 건 다 좋은데, 잔소리가 많단 말이야.'

그 즈음, 육대기는 관호명이 쫓아오는 모습을 보고 모든
것을 포기했다.

십오륙 장에 이르던 거리가 순식간에 삼 장으로 좁혀진
상태였다. 더 가 봐야 몇 발짝 못 가고 잡힐 터.

"여기 있소! 이게 진짜요! 그러니 그만 나를 놔주시오!"

그는 북궁천에게 던져 주었던 것과 비슷한 상자 하나를
뒤로 던지고는 전력을 다해서 달렸다.

관호명은 날아드는 상자를 낚아챈 후 재빨리 열어 보았
다.

오리알 크기의 알 하나가 은은한 금빛을 발하고 있었다.

한 번도 본 적은 없지만, 풍기는 기운으로 보아 사중지왕
(蛇中之王)이라는 화령금각사의 내단이 분명해 보였다.

"진짜로 이놈이 가지고 있었군. 하마터면 속을 뻔했어."

조금 전 육대기의 연기는 완벽했다. 그 상황에서 설마 거
짓말을 할 줄 누가 알았으랴.

'이제 그 아이를 살릴 세 가지 영약을 모두 구한 건가?'

관호명은 안도하며 조심스럽게 상자를 품속에 넣고 뒤를

돌아다보았다.

자신을 곤경으로 몰아넣은 청년이 흑포인과 함께 숲 사이로 사라지고 있었다.

그들을 바라보는 관호명의 눈빛이 잘게 떨렸다.

최근 오 년 내에 가장 힘든 싸움이었다. 몸을 원상태로 되돌리려면 한 달 이상 정양해야 할 것 같았다.

'누군지 모르겠군. 이제 이십 대로 보이는데 나와 비등한 실력이라니.'

말투로 봐서는 산서 북부나 관외의 사람이 분명했다.

관외에 젊은 고수가 두엇 있다는 소문을 듣긴 했다. 하지만 그들은 모두 대세력의 중요한 위치에 있는 자들. 혼자서 외진 곳을 돌아다닐 리 없었다.

더구나 행색을 봐도 그들과 일치하지 않고, 펼친 무공도 알아볼 수가 없었다.

특별할 게 없는 겉모습과 달리 오만이 하늘을 찌르는 성격을 지닌 청년.

삼십 년 강호를 종횡한 그로 하여금 판단에 혼란을 주는 저 청년은 대체 누구란 말인가?

궁금함을 참지 못한 그가 소리쳐 물었다.

"그대 정도의 실력이면 이름이 알려져 있을 터, 정말 이름을 알려 주지 않을 생각인가!"

막 숲 속으로 들어가던 북궁천은 걸음을 멈추고 고개를

돌렸다.

삼십여 걸음을 걷다 보니 속이 울렁거렸는데 잘된 일이었다.

하지만 본명을 알려 줄 순 없는 일. 이름을 알려 주는 대신 그저 씩 웃어 주었다.

관호명은 그 웃음을 보고 미간을 찡그렸다.

'젊었을 때의 나보다 더 오만한 놈이군.'

목적을 완수한 이상 더 이상의 다툼은 무의미한 일. 또 다른 자가 나타나기 전에 떠나야 했다.

"중원에 올 일이 있으면 언제든 찾아와라! 오늘 못 다한 승부는 그때 가리도록 하지!"

그는 북궁천을 향해 냉랭히 말하고는 몸을 날렸다.

그 말에 북궁천의 웃음이 짙어졌다.

'그것도 괜찮은 생각이야. 그때 가서 오늘 한 말을 후회하지 않았으면 좋겠군.'

숲 속으로 들어간 북궁천은 이를 악물고 백여 장을 걸어갔다.

하지만 그 정도가 한계였다.

걸음을 멈춘 그는 허리를 숙이고 입을 벌렸다.

웩!

시커먼 죽은피가 한 모금 쏟아졌다.

속이 시원하긴 한데 기운이 쭉 빠졌다. 게다가 온몸의 근육과 신경이 소리 없는 비명을 질러 대고, 손가락 끝은 주독이 오른 사람처럼 잘게 떨렸다.

'빌어먹을, 생각보다 더 심하군.'

소매로 입술에 묻은 피를 쓱 닦은 그는 단무영을 돌아다보았다.

"단숙, 나 좀 부축해 줘."

"괜찮다면서요?"

"그땐 관호명이 보고 있었잖아. 숲 속에서 훔쳐보는 자들도 있었고."

단무영의 검은 복면 속 눈 옆에 주름이 그어졌다.

그걸 본 북궁천이 눈을 치켜떴다.

"지금 나를 비웃는 거야?"

"제가 어찌 감히! 슬픈데 울지는 못하고 참는 겁니다. 마제께서 남의 눈치를 보시다니, 참으로……."

"뭐?"

"가시지요."

단무영은 재빨리 북궁천의 옆구리를 붙잡고 몸을 날렸다.

第三章
떠나고 만나고

　　썩어서 금방 무너질 것 같은 통나무집을 찾은 때는 어둠이 밀려들 무렵이었다.

　　단무영은 북궁천을 부축하고 안으로 들어갔다.

　　나무 썩는 퀴퀴한 냄새, 짐승의 배설물이 후각을 자극했다.

　　서너 사람이 누우면 꽉 찰 정도로 좁은 공간. 바닥도 반쯤 썩어 있어서 걸음을 옮길 때마다 부석거리며 부서졌다.

　　하지만 이슬과 바람을 피할 수 있다는 것만 해도 어딘가.

　　"이쪽으로 앉으시지요."

　　그는 북궁천을 벽에 기댈 수 있도록 앉혔다.

북궁천은 식은땀을 흘리며 벽에 등을 기댔다.

안기다시피 해서 이동했는데도 근육과 신경이 갈기갈기 찢겨져 나가는 듯 고통스러웠다.

하지만 그는 신음 한 마디 내뱉지 않았다.

잔소리를 듣기도 싫었고, 그 정도 고통은 어릴 때 숱하게 겪어서 새삼스러울 것도 없었다.

어느 정도 요상을 하면 나을 수 있으니 걱정할 것도 없었고.

그가 정말로 우려하는 문제는 경맥이었다.

십이경맥과 기경팔맥은 술독에 빠져 사는 동안 약해질 대로 약해져 있었다.

그런 상태에서 관호명과 겨루며 강력한 진기를 무리하게 유동시켰으니 당연히 이상이 있을 수밖에.

아니, 이상이 있는 정도가 아니라 엉망진창이었다. 자칫하면 상당한 공력 손실을 각오해야 할지도 모를 정도의 내상. 자존심을 지킨 대가치고는 너무 심각한 상황이었다.

"제가 도와 드릴 테니 운공을 해 보십시오, 주군."

단무영이 넌지시 북궁천에게 말했다.

그는 부축한 상태에서 이미 북궁천의 몸 상태를 살펴본 터였다.

내상 정도가 겉보기보다 훨씬 심각했다. 정신을 차리고 있는 게 신기할 정도였다.

북궁천은 거부하지 않고 몸을 돌려 가부좌를 틀었다.

다른 사람이었다면 마다하겠지만 단무영만은 예외였다.

그는 자신이 걸음마를 시작했을 때부터 그림자처럼 살아온 사람이다.

이인일체, 마제의 몸에 손을 댈 수 있는 유일무이한 사람.

북궁천의 뒤에 앉은 단무영은 북궁천이 운기행공을 시작하자 명문혈에 우수를 얹었다.

운기행공은 날이 샐 때까지 계속되었다.

동이 틀 무렵.

"후우우우우우."

두 차례의 대주천을 끝낸 북궁천이 길게 숨을 내쉬며 눈을 떴다.

눈빛이 잘게 떨렸다.

예상대로였다. 단무영이 도와주었는데도 운기행공이 쉽지 않았다.

밤새 대주천을 겨우 두 차례 했을 뿐이다. 그 정도만으로도 온몸이 식은땀으로 축축이 젖었다.

그나마도 단무영이 도와주지 않았다면 대주천 자체도 어려웠을지 몰랐다.

'나으려면 적어도 한 달은 걸리겠군.'

북궁천은 착잡한 표정으로 단무영을 돌아다보았다.

단무영도 관호명과의 삼초 대결로 가볍지 않은 내상을 입은 상태였다. 그 상태로 자신을 안고 삼십 리 산길을 달렸다. 그리고 밤새 자신을 도와준 후 이제야 운기행공을 하고 있었다.

'단숙, 나를 이해해 줘서 고마워.'

단무영의 말이 아니었다면 아직도 북천궁에서 술잔을 기울이고 있었을 것이다.

그리고 어제 같은 경우, 그가 곁에 있었기에 이 정도로 그칠 수 있었다.

'려려를 찾게 되면 운명의 굴레를 풀어 줄 테니 조금만 기다려.'

잔잔한 눈빛으로 단무영을 바라본 그는 볼일을 보기 위해 몸을 일으켰다.

전신이 저릿저릿했지만 밤새 대주천을 하며 몸을 다스린 덕분인지 움직이는 데 큰 지장은 없었다.

그런데 그가 일어나기 위해 몸을 숙였을 때였다.

툭.

뭔가가 바닥에 떨어지더니 두어 바퀴 굴러서 통나무와 통나무 사이에 박혔다.

북궁천은 엉거주춤한 자세로 떨어진 물건을 내려다보았다.

겉에 기름 먹인 가죽을 덧댄 작은 상자. 육대기가 그에게 던져 준 상자였다.

다시 주저앉은 그는 그 상자를 집어 들고 묘한 표정을 지었다.

육대기는 도주하면서 관호명에게 또 하나의 상자를 던져 주었다. 그리고 그게 진짜 화령금각사의 내단이라고 했다.

그렇다면 이 상자 안에는 내단이 없다는 말.

한데도 상자 안의 물건에 묘한 흥미가 일었다.

상자 안에 쓸모없는 물건이 들어 있다면 육대기가 왜 가지고 다녔을까?

더구나 그는 다급한 표정으로 안에 든 것이 깨질 수 있다고 했다.

그때의 그 표정만큼은 절대 거짓이 아니었다. 그가 천하제일의 거짓말쟁이라면 몰라도.

아마 그때의 그 말이 거짓이라면 그는 세상 모든 사람들을 속일 수 있는 사기꾼이 되고도 남을 사람이었다.

결국 이 상자 안에는 그가 걱정할 만한 뭔가가 들어 있다는 말이었다. 그리고 그 물건은 강한 충격을 받으면 파손되는 것임이 분명했다.

북궁천은 상자를 흔들어 봤다.

안에서 움직이는 것은 없었지만 무게로 봐서 빈 상자는 아니었다.

잠시 상자를 내려다본 그는 고리를 묶어 놓은 매듭을 풀었다. 그리고 호기심이 가득한 눈빛을 반짝이며 천천히 뚜껑을 열었다.

안에는 깨끗한 천으로 감싼 뭔가가 들어 있었다. 그 물건의 주위는 솜으로 채워져 있어서 어지간한 충격에는 끄떡도 없을 듯했다.

북궁천은 엄지와 검지로 조심스럽게 천을 벗겼다.

한 겹 한 겹 벗겨지며 물건이 점점 작아졌다.

그리고 마침내, 그가 다섯 번째 천을 벗기자 은은하게 붉은빛이 도는 알 하나가 나타났다.

크기는 크지 않아서 꿩알만 했는데, 반투명한 겉은 단단하지 않고 부드러웠다.

북궁천은 붉은빛이 도는 알에서 한동안 눈을 떼지 못했다.

대체 이게 무슨 알일까?

'설마 이게 진짜 화령금각사의 내단?'

아닐 확률이 더 컸다.

관호명은 육대기가 준 상자 안의 물건을 확인하고 더 이상 육대기를 쫓지 않았다.

자신보다 화령금각사의 내단에 대해서 조금이라도 더 아는 그가 말이다.

그럼 이것은 뭘까?

북궁천은 알을 코 가까이 대고 냄새를 맡아 보았다.

비릿함 속에 약간 구수한 향기가 섞여 있었다.

이번에는 손가락으로 알을 눌러 보았다.

알은 아주 단단하지도 물렁하지도 않았다. 손을 떼자 살짝 눌렸던 곳이 원래대로 돌아갔다.

잠시 망설이던 그는 마지막으로 혀를 내밀어서 혀끝으로 알을 살짝 핥아 보았다.

비린 맛이 나지 않을까 했는데 의외로 시큼한 맛이 났다. 마치 덜 익은 매실을 깨문 것처럼.

'대체 이게 뭐지?'

북궁천은 곤혹스러운 표정으로 알을 쳐다보았다.

평범한 알을 이렇게 다섯 겹의 천으로 싸고 솜으로 보호하진 않았을 터. 예사롭지 않은 것임은 분명한데 이것이 무엇인지 알 수가 없었다.

사실 궁금하다고 해서 당장 알아낼 필요는 없었다. 그런데도 그가 미련을 가지고 계속 쳐다보는 이유는 자신의 몸 상태가 좋지 않기 때문이었다.

치료에 도움이 되는 것일지도 모르니까.

하지만 언제까지 바라보고만 있을 순 없는 일. 그는 나중에 알아보기로 하고 궁금증을 접었다.

그런데 그가 알을 다시 싸려고 천을 잡았을 때였다.

알의 한쪽이 점점 하얗게 변하는 것이 아닌가!

"어?"

색이 변하는 곳은 그가 혀를 댄 곳이었다.

눈을 동그랗게 뜨고 바라보는 사이, 하얗게 변해 가던 곳이 서서히 녹더니 작은 구멍이 생겼다. 그리고 그 구멍 속에서 붉고 끈적끈적하게 보이는 액체가 조금씩 흘러나왔다.

점점 커지는 구멍. 갈수록 흘러나오는 양이 많아지는 액체.

어떻게 할까?

복용해? 참아?

잠시 망설이던 그는 의견을 묻기 위해 단무영을 바라보았다. 하지만 단무영은 무아의 경지에 들어서 있는 듯 호흡조차 거의 멎어 있었다.

북궁천은 다시 알을 바라보며 지그시 이를 악물었다.

알에서 액체가 이 할가량 빠져나온 상태, 탱탱하던 알이 쪼그라들고 있다. 이대로 놔두면 곧 알에 든 모든 액체가 빠져나올 것 같다.

그는 손가락으로 액체를 찍어서 입에 넣어 봤다.

그 상태에서 속으로 열을 세었다.

극독이라면 어떤 식으로든 이상이 있어야 했다. 그런데 열을 세도록 아무 일도 벌어지지 않았다.

화령금각사의 내단은 아니더라도 몸에 해가 되는 물건은 아닌 것 같다.

'훗, 이런 알 하나 때문에 갈등을 하다니. 나답지 않군.'

결심을 굳힌 그는 알을 집어서 입안에 넣고 삼켰다. 그리고는 단무영의 운공을 방해하지 않기 위해서 구석으로 자리를 옮긴 후 가부좌를 틀었다.

잠시 후, 뱃속에서 꾸르륵거리며 거품이 이는 소리가 나는가 싶더니 은은한 열기가 피어났다.

그는 단전의 진기를 움직여서 신(身)과 기(氣)를 일치시키고 열기를 받아들였다.

처음에는 열기가 부드러워서 받아들이는 데 지장이 없었다. 포근한 열기, 기분 좋은 느낌. 마음마저 평온해졌다.

그런데 시간이 가면서 열기가 점점 거세졌다.

그리고 얼마가 지나자 견디기 힘들 정도로 뜨거워졌다. 단순히 뜨거운 것이 아니라 숫제 불붙은 숯덩이를 삼킨 것 같았다.

'뭐, 뭐야? 이거 왜 이래? 흐읍!'

온몸이 불에 타는 것 같은 극렬한 고통!

이를 악문 북궁천의 몸이 덜덜 떨렸다.

이제는 중단할 수도 없는 상황. 그는 지옥 불에 던져진 것 같은 고통 속에서도 혼신의 힘을 다해 운기했다.

생사의 외줄타기를 한 지 얼마나 지났을까. 온몸이 시뻘게지며 불덩이처럼 달아올랐다.

뿌연 김이 땀구멍을 통해서 흘러나와 안개처럼 그의 몸을 뒤덮었다.

고통이 한계를 넘어선 순간.

'끄윽!'

그는 이를 악문 채 정신을 잃었다.

무아지경에서 깨어난 단무영은 느닷없이 느껴지는 열기에 의아한 표정을 지으며 눈을 떴다.

'왜 이리 따뜻하지?'

가을의 아침은 따뜻하지 않다. 산속은 더하다. 그런데 후끈한 열기가 느껴지다니.

그는 열기의 근원을 찾기 위해 고개를 돌렸다.

북궁천이 한쪽 구석에 앉아서 고개를 숙이고 있었다. 열기의 근원은 바로 그곳이었다.

"주군?"

단무영은 북궁천을 부르며 몸을 일으켰다.

그 때 바닥에 놓인 빈 상자가 보였다.

'저건 육대기가 주군께 던져 준 것인데?'

안이 비었다는 것은 누군가가 그 안의 물건을 취했다는 말.

단무영은 무슨 일이 벌어졌는지 짐작하고 눈을 크게 떴다.

'그럼 주군께서 저 안에 든 것을?'

급히 북궁천에게 다가간 그는 축 늘어진 손을 잡고 상태를 살펴보았다.

후끈한 열기가 몸 안에서 요동치고 있었다. 절대 정상적인 열기는 아니었다.

그는 맥문을 통해 자신의 진기를 밀어 넣고 전체적인 상황을 알아보았다.

곧 그의 눈빛이 파르르 떨렸다.

'너무 강한 기운에 충격을 받아서 내상이 더 악화되었어. 도대체 뭘 복용하신 거지? 저 안에 뭐가 들어 있었던 거야?'

하지만 의문을 풀기에는 시간이 없었다.

맥문을 놓고 북궁천의 뒤로 돌아간 그는 북궁천의 명문혈에 두 손을 포개어서 얹었다.

이대로 놔두면 경맥이 터져 버릴지 모른다. 잘못되면 반신불수, 최악의 경우 목숨마저 위험해질 수 있다.

'그리되도록 놔둘 순 없어!'

그는 자신의 진기를 흘려 넣어서 북궁천의 주요 경맥을 감싸고 열기에서 보호했다.

그러한 일은 경맥에 진기를 잔류시켜야 하기 때문에 일반적인 진기 요상과 달리 엄청난 공력이 필요했다.

단무영의 공력이 절대지경에 근접할 정도로 고강하다 해도 결코 쉬운 일이 아닌 것이다.

더구나 그 역시 내상을 입은 상태가 아닌가. 자칫 잘못하면 북궁천을 구하려다가 자신의 공력이 영원히 소실될 수도 있었다.

하지만 그는 조금도 망설이지 않고 자신의 공력을 쏟아 부었다. 만약 그것으로도 모자란다면 선천진기를 끌어내서라도 북궁천을 구해야 했다.

단무영이 북궁천의 명문혈에서 손을 뗀 것은 만 하루가 흐른 후였다.

웩!

핏덩이를 한 모금 토한 그의 몸이 파르르 떨렸다.

백짓장보다 더 창백한 얼굴. 그러나 그의 눈빛만은 그 어느 때보다 만족감에 차 있었다.

'됐어. 이제 위기는 넘겼다.'

북궁천을 눕혀 놓은 그는 두 손으로 바닥을 짚고 힘겹게 두 자가량 뒤로 물러났다.

선천진기를 바닥까지 모조리 쏟아 내서 일어날 기운도 없었다. 그나마 그 정도로 그친 것이 다행이었다.

만약의 경우, 최후에는 목숨을 내놓고 잠력까지 폭주시킬 각오였으니까.

북궁천에게서 떨어진 그는 눈을 감고 운공을 행했다.

하지만 얼마 지나지 않아서 씁쓸한 표정으로 눈을 떴다.

공력이 모이지 않았다.

예상 못 한 바는 아니지만 막상 공력 소실이 현실로 드러나자 마음이 착잡했다.

한참 동안 허공을 바라보던 그는 이를 지그시 악물고 북궁천의 옷자락을 찢었다. 자신의 옷은 검어서 글을 쓸 수가 없으니까.

그는 자신이 토해 낸 피를 손가락으로 찍어서 그 위에 몇 자 적었다.

조금만 있으면 북궁천이 깨어날 것 같았다.

그러나 지금의 자신은 북궁천에게 아무런 도움이 되지 못한다.

도움은커녕 커다란 짐만 될 터, 그가 깨어나기 전에 이곳을 떠날 작정이었다.

옷자락에 몇 마디 말을 남긴 그는 옆구리의 검을 풀어서 북궁천의 머리맡에 세워 놓았다.

그 검은 자신의 목숨과 같았다. 검을 놓고 간다는 것은 목숨을 놓고 간다는 뜻.

북궁천이라면 자신이 검을 놓고 가는 이유를 모르지 않을 것이다.

떠날 준비를 마친 그는 북궁천을 내려다보았다.

'주군은 모를 거요. 내가 주군을 얼마나 좋아하는지⋯⋯.'

북궁천이 걸음마를 시작할 때 지옥 수련을 위해서 수련

동에 들어갔다. 그리고 북궁천이 목검을 처음으로 잡은 세 살 때 수련동을 나와서 그의 그림자가 되었다.

그 후 고독한 그림자 생활 이십여 년. 북궁천의 삶은 곧 자신의 삶이었다.

북궁천이 즐거우면 자신도 즐거웠고, 북궁천이 가슴 아파하면 자신도 가슴이 아팠다.

자신에게 북궁천은 주인이며, 동생이며, 조카였다.

모든 것을 줘도 아깝지 않은 이 세상의 오직 한 사람.

'주군은 내 모든 것이라오. 나중에 사실을 알게 되어도 미안해하지 마시구려. 이제 고백하는데, 사실 그날 일은 나 때문이라오. 내가 주군의 술에 장난을 쳤소. 그동안 미안해서 들 낯이 없었는데, 이렇게라도 빚을 갚게 되어 정말 다행이오.'

그는 북궁천을 향해 미소를 지어 보이고는 벽을 짚고 힘겹게 일어났다. 그리고 통나무를 붙여 만든 문을 밀고 밖으로 나갔다.

짙은 구름이 하늘을 뒤덮고 있었다.

아무래도 가을비가 내릴 것 같았다.

'비 피할 곳을 찾으려면 서둘러야 할 것 같군.'

＊　　　＊　　　＊

사람들이 다 아버지를 비웃었다. 그런데도 아버지는 밝게 웃으며 사랑을, 어머니를 택했다.

천년만년 누릴 것도 아닌 제왕의 권력 따위, 영원히 간직할 사랑에 비하면 태양 아래 날아다니는 반딧불밖에 안 된다면서 조부의 협박 섞인 반대도 아랑곳하지 않았다.

그리고 내가 태어났다.

나는 사람들에게 그 이야기를 듣고 절대 아버지를 닮지 않을 거라 결심했다.

—나는 아버지와 달라! 북천의 패왕으로 우뚝 서고 말 거야! 사랑 따위가 무슨 소용이야!

말끝마다 그렇게 외쳤다.

그런데 아니었다.

얼마 전에서야 깨달았다.

나 역시 아버지의 자식이란 걸.

세상에는 천하보다, 권력보다 더 중요한 게 있다는 걸.

"려려……."

북궁천은 잠꼬대처럼 헌원려려를 부르다 말고 차가운 느낌에 실눈을 떴다.

툭! 툭!

빗방울이 이마를 때리고 있었다.

머리를 흔든 그는 떨어지는 빗물을 피해서 몸을 옆으로

굴렸다.

쏴아아아아.

통나무집의 지붕을 사정없이 두들기는 가을비 소리가 고막을 울린다.

그제야 북궁천은 자신이 살아 있으며 지옥과 같은 열기에서 벗어났다는 사실을 확실히 깨달았다.

'그래, 살았군!'

회심의 미소를 지은 그는 몸을 일으켰다.

몸이 전보다 부드러웠다. 고통도 거의 느껴지지 않았다.

충격을 받아 갈기갈기 찢긴 근육과 신경이 뜨거운 열기에 녹아서 원상태로 달라붙기라도 한 것 같았다.

만족한 그는 운기를 해 보았다.

엉망일 정도로 약화되었던 경맥이 전보다 훨씬 강화되어 있었다.

하지만 아직 완전치는 않아서 삼성의 진기를 움직이자 미미한 통증이 느껴졌다.

그래도 이게 어딘가.

한 달 이상 요상에 집중해도 이 이상의 회복을 바라기 힘들 거라 생각했거늘.

"그런데 단숙은 어딜 갔지? 먹을 것을 구하러 갔나? 주위를 둘러보러 갔나?"

북궁천은 중얼거리며 안을 둘러보았다. 그 때 벽에 기대어 놓은 검이 보였다.

눈에 익은 검. 단무영의 묵혼(墨魂)이었다.

한참 동안 묵혼을 바라보던 북궁천의 눈꺼풀이 잘게 떨렸다.

자신이 그의 존재를 안 이십여 년 동안 그는 몸에서 검을 떼어 놓은 적이 한 번도 없었다.

묵혼은 단무영의 가문인 단가장의 신물이자, 단무영의 생명이었다.

검을 놓고 갔다는 것은 그의 모든 것을 놓고 갔다는 뜻.

급히 몸을 일으킨 그는 문을 열어 보았다.

가을비에 온 산이 다 젖어 있었다.

북궁천은 초조한 마음으로 소리쳐 불렀다.

"단숙!"

하지만 그의 목소리는 곧 빗소리 속에 파묻혀 버리고, 두어 번 더 불러 봤지만 아무런 대답도 없었다.

휙, 고개를 돌린 그는 벽에 세워져 있는 검을 바라보았다.

그가 찢어진 옷자락을 발견한 것은 그 때였다.

안으로 들어간 그는 옷자락을 낚아채듯이 집어 들었다.

가로세로 한 자 넓이의 옷자락에는 검붉은 빛이 도는 글자가 빽빽이 쓰여 있었다.

세상은 주군께서 아시는 것보다 훨씬 넓습니다. 새

로운 세상을 만끽하십시오. 그리고 그녀도 꼭 찾으시기 바랍니다. 저는 물 맑고 경치 좋은 곳으로 놀러가니 찾지 마십시오. 검은 제 선물입니다. 아, 그리고 제 본명은 단화린입니다. 강호행에 필요하면 주군께서 사용하십시오. 이 세상에 그 이름을 아는 사람은 아무도 없으니까요.

북궁천의 눈빛이 격렬하게 흔들렸다.
'정말, 정말 내 곁을 떠난 건가?'
어릴 적, 단무영은 어둠 속에서 항상 자신을 측은한 눈으로 바라보곤 했다. 자신의 마음을 세상 누구보다 잘 알고 있기에 애처로운 듯했다.
몇 달 전쯤에는 술에 취한 자신을 안아서 침상으로 옮긴 적도 있었다.
정신이 들었으면서도 모른 척했다.
어릴 때는 무공을 수련하다 지쳐서 쓰러지면 단무영이 가끔 안아서 침상으로 옮기곤 했다. 하지만 그것도 열 살 이전까지의 일. 열 살 이후 그의 품에 안겨 본 것은 그때가 처음이었다.
그때 그가 들릴 듯 말듯 중얼거렸다.

"저는 너무 완벽한 주군보다 지금과 같은 주군이

　　더 좋습니다.”

　　그는 패왕, 마제보다 순수한 북궁천을 더 좋아하는 사람이었다.

　　북궁천의 가슴이 차갑지만은 않다는 사실을 아는 유일한 사람.

　　그런데 그가 떠났다.

　　왜?

　　정말로 물 맑고 경치 좋은 곳으로 놀러갔을 리는 없었다.

　　단무영이 그를 아는 만큼 그도 단무영을 알았다. 그는 정신을 잃은 자신을 놔두고 놀러 갈 사람이 아니었다.

　　문득 어떤 생각이 든 북궁천은 급히 진기를 움직여 봤다.

　　몸속에서 이질적인 기운이 느껴진다.

　　자신의 기운은 극강의 패왕지력. 그런데 그 안에 극유의 기운이 섞여 있다.

　　단무영의 기운!

　　그제야 모든 것을 깨달은 그는 이를 악물었다.

　　지난 상황이 눈에 선하게 그려졌다.

　　단무영이 쓰러져 있는 자신을 보고 치료했을 것이다.

　　몸속에서 발화된 열양진기는 그를 기절시킬 만큼 강력했다. 단무영의 능력으로 그 기운을 다스리려면, 그가 가진 모든 것을 다 쏟아부었어야 할 것이다.

심지어 선천진기까지!

북궁천은 옷자락을 와락 움켜쥐고 질끈 눈을 감았다.

단무영에 대한 미안함과 오랜 벗을 잃은 허전함이 동시에 밀려들면서 눈꺼풀이 가늘게 떨렸다.

'멍청한 단숙! 그렇게 떠나면 내가 잘했다고 할 줄 알았어?'

그는 단무영의 마음을 익히 짐작할 수 있었다.

단무영은 자신에게 짐이 될까 봐 떠나갔을 것이다.

그걸 알기에 더 미안하고 가슴이 아팠다.

빗소리가 점점 약해졌다.

낙엽에 맺힌 물방울 떨어지는 소리만이 간헐적으로 들릴 즈음, 북궁천은 마음을 다스리고 고개를 들었다.

그의 눈가로 희미한 물기가 비쳤다.

'그래, 반드시 려려를 찾아내고 세상도 실컷 구경할 거야. 단숙이 바라는 대로…… 대신 단숙도 죽으면 안 돼. 염라대왕이 불러도 절대 가지 마. 마제가 안 보내 줘서 못 간다고 해. 그럼 내가 나중에 찾아낼 테니까!'

＊　　　＊　　　＊

북궁천은 이틀을 꼬박 운기조식으로 보냈다.

정체불명의 알 덕분인지 단무영의 선천진기 덕분인지, 약화된 경맥이 빠르게 회복되었다.

근육과 신경의 통증은 모두 사라져서 걷고 뛰는 데 지장이 없었다.

경맥도 공력을 삼성까지는 무난히 받아 주었다.

다음 날 아침.

통나무집을 떠나기로 작정한 북궁천은 구석에 세워져 있는 묵혼을 옆구리에 매달고 통나무집을 나섰다.

"훗……."

백 장을 걷기도 전에 그의 입술 사이로 실소가 터져 나왔다.

사방이 거산준봉으로 둘러싸여서 어디가 어딘지 알 수가 없었다.

'방향도 제대로 못 잡고 길 잃은 염소처럼 헤매는 놈이 마제는 무슨……'

그는 일단 근처의 높은 봉우리 위로 올라갔다.

좌우를 둘러보자 울울창창한 숲, 끝도 없이 펼쳐진 수많은 봉우리로 둘러싸여 있고 흰 구름이 산허리를 감은 채 흐르고 있었다.

'태행산 줄기일 가능성이 크군.'

바로 그 때, 안개가 흘러가는 사이로 뱀처럼 구불구불한 계곡길이 보였다.

그는 망설이지 않고 산을 내려갔다.

'길을 따라가다 보면 어딘가 나오겠지.'

일각 후.

계곡길에 도착한 그는 해가 떠 있는 곳을 향해 걸음을 옮겼다.

한 발 한 발 걸음을 옮기면 그만큼 헌원려려와의 거리가 가까워질 터. 몸은 엉망이어도 기분은 좋았다.

'그런데 려려는 어떻게 살고 있을까? 혹시 혼인을 한 것은 아닐까?'

벌써 이 년이 지났다. 그럴 가능성도 얼마든지 있었다.

문득 그 생각이 들자 북궁천의 가슴이 차갑게 식었다.

'만약 너의 남자가 진정한 대협이라면 돌아서마. 하지만 그렇지 않다면 나는 절대 너를 포기하지 않을 거다, 려려.'

속이 좁다 해도 할 수 없었다. 그도 오기가 있는 남자였다.

하지만 그 이전에, 그런 일이 없기만을 바랐다.

만약 헌원려려가 다른 남자의 여인이 된 걸 보면 무슨 일을 벌일지 자신조차 몰랐다.

*　　　　*　　　　*

산은 깊고 깊었다. 종일 걸었는데도 민가를 만나기는커녕 여전히 산속이었다.

지난 사흘 동안 먹은 것이라곤 정체 모를 알 하나였다.

뱃속에선 천둥이 치다 못해 무엇이든 넣어 달라고 하소연하고 있었다.

그런데 석양이 질 무렵이었다. 열심히 길을 따라 걷는데 우측으로 깊숙이 뻗은 계곡 안쪽에서 전각이 두어 채 보였다.

건물이 있으면 사람이 있을 터.

'일단 저곳으로 가 보자.'

눈빛을 반짝인 그는 앞뒤 가리지 않고 전각이 있는 곳을 향해 나아갔다.

설령 그곳이 도둑놈 소굴이라 해도 상관없었다.

전각은 모두 세 채였는데, 단애의 튀어나온 부분에 위태롭게 지어 져 있었다.

그리고 그중 중앙의 전각에 낡아서 금방 부스러질 것 같은 현판이 달려 있었다.

기대감에 찬 북궁천이 절벽 아래에 도착하자 위에서 누군가가 말했다.

"누군데 이렇게 외진 곳까지 들어온 거요?"

북궁천은 고개를 들고 위를 올려다보았다. 전각이 세워진 절벽 위에 텁수룩한 수염을 기른 장한이 서 있었다.

“나는 북……”

북궁천은 버릇처럼 아랫사람에게 하는 오만한 말투로 입을 열다 재빨리 멈췄다.

자신은 지금 북천의 주인이 아니었다.

오히려 북천의 주인이라는 것을 숨겨야 할 처지.

그는 오만함을 누그러뜨리고 목소리를 보다 부드럽게, 그리고 이름도 바꾸어서 말했다. 단무영의 본명으로.

“본인은 북쪽에서 온 단화린이라 하오. 길을 잃고 헤매다 건물을 발견하고 찾아왔소.”

그럼에도 그간의 성격을 단숨에 바꿀 수는 없어서 목소리에 힘이 들어갔다.

장한은 그의 그런 말투가 마음에 안 들었다.

게다가 흐트러진 머리, 찢어진 옷자락, 옆구리에서 덜렁거리는 시커먼 검. 모든 게 눈에 걸린 장한은 톡 쏘는 어조로 답했다.

“이곳은 손님을 받는 곳이 아니오. 그러니 길을 따라서 내려가시오. 오십 리 정도 내려가면 화전민촌이 하나 나올 것이니 그곳에 부탁해 보시오.”

냉정한 축객령.

자신이 이런 대접을 받을 거라 언제 상상이나 했던가.

북궁천은 이마를 찌푸렸다.

‘인정머리도 없군.’

북천궁이 패를 중시해서 마도로 낙인찍혔다 해도, 찾아온 손님을 이렇게 냉정하게 쫓아내지는 않는다.

손님이 찾아왔으면 말이라도 쉬었다 가라고 하는 게 사람 사는 세상의 인정이 아닌가?

그런데 세상은 그가 생각했던 것보다 더 각박하고 냉정했다.

그렇다고 해서 이대로 물러설 수는 없는 일. 그는 한 번 더 부탁해 봤다. 조금 더 부드럽게.

"하루만 쉬었다 가게 해 주시오."

"글쎄, 안 된다고 했잖소. 사부님이 아시면……."

그가 손을 저으며 귀찮다는 투로 말할 때였다.

"내가 알면 뭐가 어때서?"

태극당(太極堂)이라는 현판이 매달린 가운데 건물에서 한 사람이 방문을 열고 나오며 그의 말을 잘라먹었다.

희끗한 수염이 가슴까지 길게 늘어진 노인이었다.

노인은 장한의 입을 막고 절벽 쪽으로 걸어와서 북궁천을 내려다봤다.

"어디서 왔는가?"

북궁천은 상대가 노인인 만큼 좀 더 예의를 갖춰서 대충 둘러댔다.

"집은 상곡입니다. 남쪽으로 내려가는 중인데 길을 잘못 들어서 여기까지 왔습니다."

"허, 멀리서도 왔군. 내 솔직히 말하겠네. 먼 곳을 가던 길이면 노자가 제법 있을 것 같은데, 객잔에서 쉬는 셈 치고 조금만 기부하게. 보다시피 이렇게 깊은 곳에 살다 보니 이래저래 모자란 것이 많구먼."

노인은 낯빛 하나 변하지 않고 당당한 말투로 북궁천에게 돈을 요구했다.

북궁천은 난감했다.

쉬려면 돈을 내라, 그 말이었다.

표정으로 봐선 돈을 내지 않으면 장한보다 더 냉정하게 거절할 것 같았다.

그런데 그에게는 줄 돈이 없었다.

노인은 그의 표정만 보고도 사정을 눈치챘다.

"험, 미안하네만 사정이 안 되면 나도 별수 없다네. 인정을 베풀고 싶어도 당장 우리가 힘들어서 말이야."

북궁천은 냉정하게 돌아서는 노인을 보며 허리춤의 검을 만지작거렸다.

묵혼은 명검이라 하기에 부족함이 없었다. 그것이면 돈 대신 노인을 만족시킬 수 있을 것이었다.

하지만 단화린의 마지막 흔적을 그렇게 넘겨줄 수는 없는 일.

'후우, 어떻게 오늘 밤만 견뎌 보자. 민가가 오십 리 밖에 있다 했으니 내일이면 찾을 수 있겠지.'

한숨을 쉰 그는 쓸쓸한 표정으로 몸을 돌렸다.

그 때 문득 품속에 든 물건 하나가 떠올랐다.

술 마실 때는 물론이고 잠잘 때조차 그 물건은 항상 그의 품속 깊숙이 들어 있었다. 지금도 마찬가지였다.

그는 품속 깊숙이 손을 넣어 그 물건을 꺼냈다.

손바닥 크기. 몸체는 황금으로 만들어져 있고, 둘레에 푸른색 보석이 촘촘히 박혀 있는 영패 하나.

그것은 다름 아닌, 북천궁의 주인을 상징하는 북천령(北天令)이었다.

지금은 그저 금덩어리에 보석이 박힌 값비싼 물건일 뿐이지만.

'내가 뭘 하려는지 그 노인네들이 알면 난리 나겠군.'

입가에 희미한 미소를 매단 그는 허리춤에서 검을 빼들었다. 그리고 북천령을 바위 위에 올려놓고서 귀퉁이를 내리쳤다.

손톱만 한 조각 하나가 북천령에서 떨어졌다.

그는 노란 금 쪼가리를 집어 들고 전각 쪽으로 내밀었다.

"이거면 되겠습니까?"

돌아섰던 노인이 다시 고개를 돌렸다. 그리고 석양빛을 받아서 더욱 노랗게 빛나는 금 쪼가리를 보고 눈이 동그래졌다.

"저, 정한아, 네가 내려가서 확인해 봐라."

나 몰라라 하고 있던 장한도 절벽 가장자리까지 바짝 와
서 고개를 내밀었다. 그는 노인의 명령이 떨어지자 줄사다리
를 내리고는 밑으로 내려왔다.

잠시 후, 금 쪼가리를 이로 깨물어 본 장한은 휘둥그레진
눈으로 노인에게 소리쳤다.

"사부님! 진짠데요? 족히 반 냥은 될 것 같습니다!"

"그래? 뭐 해, 그럼! 어서 모시고 올라와야지!"

반 냥의 금덩이는 모든 상황을 바꾸어 놓았다. 어쩌면 그
보다 더 큰 금덩이가 있다는 걸 눈치챘기 때문인지도 모르
지만.

"허허허, 나는 진자방이라 하네. 그런데 정말 훤칠하게 생
긴 공자군."

노인, 진자방은 세상에서 가장 인심 좋은 사람처럼 웃으
며 차를 권했다.

"마셔 보게. 이곳에서만 나는 특산차지. 마침 우리도 저녁
식사를 하려던 참이었네. 곧 식사를 내올 것이니 마음껏 먹
고 편히 쉬게나."

북천령 조각과 바꾼 평온.

엄청나게 비싼 대가를 치르긴 했지만 북궁천은 조금도 아
깝지 않았다.

"감사합니다. 그런데 이곳에는 두 분만 사십니까?"

“아니네. 노부의 제자는 모두 넷인데, 셋은 지금 강호 경험을 쌓기 위해 밖에 나가 있다네. 아마 닷새 정도 지나면 돌아올 거야.”

북궁천이 그런 질문을 한 것은, 이곳에서 요상을 하며 머물고 싶었기 때문이었다. 그런데 노인의 대답대로라면 닷새 동안은 둘밖에 없다는 말이 아닌가.

“괜찮으시다면 며칠간 머물고 싶습니다만.”

금덩이를 들고 온 복덩이다. 며칠이 아니라 몇 달이라도 괜찮았다. 물론 그러려면 한 조각 더 받아야겠지만.

“허허허허, 걱정 말게. 나도 그리 야박한 사람은 아니라네. 지내고 싶은 만큼 지내게나.”

진자방은 냉정하게 축객령을 내렸던 때가 반 시진도 지나지 않았는데 그걸 다 잊었다는 듯 사람 좋게 웃으며 말했다.

북궁천은 그런 진자방이 싫지 않았다. 자신의 마음을 다 드러내는 그가, 속에 독을 품고 있는 자들보다는 훨씬 나았다.

“그럼 신세 좀 지겠습니다.”

“신세는 무슨, 허허허. 정한아! 식사 준비 아직 멀었느냐? 손님 것까지 함께 차리도록 해라.”

第四章
태극문(太極門)의 제자들

　문틈을 뚫고 쏘아진 아침 햇살이 화살처럼 얼굴에 꽂혔
다.
　북궁천은 감고 있던 눈을 뜨고 숨을 길게 내쉬었다. 전날
보다 몸이 훨씬 편하게 느껴졌다.
　'며칠만 더 하면 공력을 오성까지는 받아들이겠군.'
　공력의 오성만 움직일 수 있어도 회복 속도가 빨라질 것
이다.
　'급하게 마음먹지 말자. 그사이 려려에게 무슨 일이 벌어
지진 않겠지.'
　그는 조급해지려는 마음을 추스르고 다시 대주천을 시작

했다.

이정한이 그를 부른 것은 그로부터 한 시진 정도 지났을 때였다.

"이보쇼, 식사하쇼."

아침 식사를 마치고 차를 마시던 중 진자방에게서 좀 더 자세한 이야기를 들을 수 있었다.

그가 있는 곳은 항산 북쪽 자락이었다. 서쪽으로 백오십 리 떨어진 곳에 대동이 있다고 했으니, 단화린은 장성을 넘어 백 리 이상 남하한 셈이었다.

진자방과 네 명의 제자는 천 년 전통을 자랑하는 역사 깊은 문파, 태극문(太極門)의 제자라고 했다.

진자방은 삼십팔 대 문주고.

"오백 년 전만 해도 꽤나 유명했다네. 태극신검이라 불리던 십팔 대 문주께서 중원으로 떠난 후 돌아오지 않는 바람에 비전의 신공들이 절전되어서 지금은 이렇게 초라하게 명맥만 이어 오지만 말이야. 그래도 우리는 실망하지 않고 예전의 신공들을 되살리려고 노력하고 있지."

진자방이 아득한 과거를 되새기며 꿈꾸는 어조로 말했다.

노력을 했는데도 수백 년 동안 이런 상태라니. 그렇다면 그전에도 그다지 대단할 것은 없었나 보다.

하지만 북궁천은 진자방의 말에 장단을 맞춰 주었다.

“부디 신공을 되찾아서 번창하시기 바랍니다.”

“허허허, 되찾아야지. 반드시 되찾아서 다시 일어날 거네. 제자가 비록 네 명밖에 안되지만, 모두 괜찮은 자질을 가지고 있거든.”

그것은 어느 정도 수긍이 가는 말이었다.

다른 사람은 보지 않아서 모르지만, 이정한은 자신이 봐도 상승무공을 익히기에 아주 좋은 신체 조건이었다.

그런데 희망과 아쉬움이 뒤섞인 어조로 한참 말을 이어가던 진자방이 느닷없이 북궁천에게 물었다.

“자넨 사문이 어떻게 되나?”

북궁천은 준비라도 한 것처럼 바로 대답했다.

“북도문의 제자입니다. 며칠 전 사부님께서 돌아가시는 바람에 남쪽으로 내려가는 길이지요.”

“북도문? 처음 듣는 문파군.”

“일인전승되는 문파로, 제자라고는 달랑 저 하나뿐입니다.”

진자방은 안쓰러운 표정으로 북궁천을 바라보았다. 알고 보면 그도 마음이 약한 사람이었다.

‘내 제자들은 그래도 사형제가 넷이나 되는데…….’

강호에서 위세가 약한 문파의 제자로 살다 보면 많은 어려움이 뒤따르는 법이다.

앞에 있는 청년도 자신이 겪고, 자신의 제자들이 겪은 어려움을 겪게 될 것이 분명하다. 업신여김이나 무시당하는 것은 보통이고, 심지어 짓밟으려는 자들마저 있을 터. 혼자라면 더 많은 어려움을 겪을 것이다.

자신도 제자들도 처음에는 그랬으니까.

'젊은 놈이 고생 좀 하겠군.'

측은한 마음이 든 그는 북궁천에게 다시 물었다.

"그래, 남쪽으로 간다 했는데 어디로 가는 길인가?"

"사실 특별히 정해진 곳은 없고, 일단은 태원으로 가 볼 생각입니다."

"태원에 아는 사람이라도 있나?"

"찾을 사람이 있는데, 전에 그곳에서 잠시 머물렀다고 합니다."

사대원로가 보낸 자들이 헌원려려의 종적을 마지막으로 찾아낸 곳이 태원이었다. 그곳에 가면 실낱같은 정보라도 얻을 수 있지 않을까 해서 가 보려는 것이었다.

"흠, 그래?"

진자방은 그의 말을 듣고 수염을 쓰다듬으며 고개를 주억거렸다. 그러고는 넌지시 그에게 말했다.

"사람을 찾는다면 내가 괜찮은 사람 하나 소개시켜 줄까? 태원 안에서 벌어진 일은 모르는 것이 없는 친군데 사람 찾는 것도 귀신이지. 다만 돈을 밝힌다는 게 좀 흠인데, 그래도 내가 보냈다고 하면 싸게 해 줄 거네."

어차피 누군가의 도움을 받아야 할 북궁천으로선 손해 볼 것이 없었다. 찾으면 좋고, 못 찾아도 강호에 대한 정보는 얻을 수 있을 테니까.

"그리해 주신다면 저야 좋지요."

"험, 태원에 가거든 북문 근처에 있는 장가의방을 찾아가서 장 의원을 만나 내 이름을 대게나. 꼭 내가 소개해서 왔다고 해야 하네. 그래야 싸게 해 주거든."

꼭 싸게 해 주기 때문만은 아니다. 자신의 이름을 대야 소개비가 자신에게 떨어진다.

북궁천이야 그에 대해선 생각도 못했지만.

"알겠습니다. 그리하지요."

"역시 말이 잘 통하는 젊은이군, 허허허허."

잘하면 말 몇 마디로 은자 두어 냥을 챙길 수 있게 된 진자방은 기분 좋게 웃으며 이정한을 불렀다.

"정한아! 덫에 토끼라도 걸렸는지 알아보고 오너라. 오늘 저녁에는 고기 좀 먹어 보자!"

*　　*　　*

사흘이 지나자 공력을 오성 정도 움직여도 별 이상이 느껴지지 않았다.

북궁천은 좀 더 빠른 회복을 위해서 본격적인 요상 수련을 시작하기로 했다.

그가 택한 방법은, 칠초 사십구식으로 이루어진 북두패왕
권(北斗覇王拳)을 내공을 주입하지 않은 채 반복해서 펼치는
것이었다.

너무 단순해 보여서 삼류 무공처럼 보이는 권법.

북두패왕권은 구결에 따라 내공이 주입되면 파천의 위력
을 보이는 권법이었다.

그럼에도 초식의 형(形)이 단순해서 무리하지 않고 근육
과 신경을 단련하기에는 최적의 무공이었다.

북두패왕권으로 요상 수련을 시작한 지 이틀째.

그날도 북궁천은 반 시진 동안 쉬지 않고 북두패왕권을
반복해서 펼쳤다.

그의 모습을 지켜보던 이정한은 한 수 가르쳐 주고 싶어
서 손이 근질거렸다.

저렇게 단순한 권법을 뭐 저리 신중하게 펼친단 말인가?

'저것밖에 모르는 거 아냐?'

조금 이상한 것은, 아무리 봐도 별 볼 일 없는 권법 같은
데 막상 지적하려면 지적할 곳이 없다는 점이었다.

단순하지만 완벽한 권법이랄까?

그래도 같은 권법이 계속 반복되자, 지루함을 참지 못한
그가 북궁천에게 물었다.

“단 형은 그 무공을 오래 수련했나 보군요.”

그는 북궁천의 권법이 완벽한 이유로 수련 기간을 꼽았다.

사실이 그러니 북궁천도 솔직히 말했다.

“십칠 년 정도 수련했소.”

‘그럼 그렇지, 그렇게 오래 수련을 하면 토끼도 그 정도 권법은 완벽히 펼칠 수 있겠네, 뭐.’

이정한은 자신의 판단이 옳았다 생각하며 넌지시 물었다.

“좀 더 뛰어난 무공을 배워 보고 싶은 생각은 없소? 사부님께 말씀드리면 그보다 나은 무공 한두 가지 정도는 가르쳐 주실 텐데 말이오.”

대신 그만한 대가를 치러야 할 테지만.

하지만 북궁천은 간단하게 그의 제안을 거절했다.

“말씀은 고맙지만 사양하겠소. 나는 내가 알고 있는 무공도 아직 완성하지 못했소.”

“싫다면 어쩔 수 없지요.”

‘사부님께서 실망하시겠군.’

사실 이정한이 그러한 제안을 한 것은 한번 찔러 보라는 진자방의 말이 있었기 때문이었다.

당연히 무공을 가르쳐 주는 것에 대해선 대가를 받을 요량이었고.

하지만 싫다는 사람에게 계속 강요하는 것은 그도 마음

에 들지 않았다.

"언제든 생각 있으면 말하쇼."

그래서 그는 그렇게만 말하고 돌아섰다. 그 때 계곡 저 아래쪽에서 세 사람이 나타났다.

이정한은 그들을 발견하고 환한 웃음을 지었다. 두 달 전에 떠났던 사제와 사매가 돌아오고 있는 것이다.

"사제! 사매!"

＊　　＊　　＊

"사부님, 그간 평안하셨습니까?"

"안색이 좋으신 걸 보니 그동안 좋은 일이라도 있었나 봐요, 사부님?"

진자방은 세 제자의 인사를 받으며 너털웃음을 터트렸다.

"허허허허, 너희들이 다치지 않고 무사히 돌아왔으니 당연히 기분이 좋지. 그리고 이 오지에 귀한 손님이 찾아왔으니 그 또한 좋은 일이 아니겠느냐?"

동호량, 초강, 강소하는 그 말을 듣자 방으로 들어오기 전에 봤던 북궁천이 떠올랐다.

사부가 말한 손님은 그를 말할 터. 누군데 귀한 손님이라는 걸까?

"사부님, 그 사람은 누구예요?"

태극문의 제자 중 유일한 여인, 강소하가 궁금함을 참지 못하고 물었다.

"이름이 단화린이라고 하더구나. 이곳에 며칠 묵기로 하고서 본 문의 건립을 위한 자금을 두둑이 내놓았단다."

진자방은 돈을 받은 것에 대해서 완곡히 돌려 말했다.

그의 제자들은 이유야 어떻든 태극문의 건립 자금이 늘어났다는 것에 만족했다. 그만큼 자신들이 편해질 테니까.

이정한의 바로 아래 제자인 동호량도 웃음 띤 표정으로 돈주머니를 내밀었다.

"이번에 벌은 것입니다, 사부님. 마침 괜찮은 일을 맡아서 저번보다 수입이 늘어났습니다."

"호오, 그래?"

진자방은 주머니를 열어 보고 표정이 환해졌다.

"정말 수고했다. 이제 조금만 더 벌면 본 문의 초석이 될 태극장을 지을 수 있겠구나."

그가 그토록 돈을 밝히는 것에는 그만한 이유가 있었다.

언제까지 심심산골에서만 지낼 수는 없었다. 너무 깊은 곳에 있다 보니 제자를 들이기도 쉽지 않았다.

그렇다고 해서 유명하기를 해, 절정신공을 보유하고 있어?

어느 것 하나 내세울 게 없다 보니 '이러다 태극문의 명맥이 끊기는 것 아닐까?' 하는 생각마저 들 정도였다.

하기에 자신이 죽기 전, 밖에다 번듯한 태극문의 터전을 닦고 싶었다. 후대의 태극문 제자들을 위해서.

문제는 자금이었다.

장원을 짓는다는 것은 은자 몇 십 냥으로 해결될 문제가 아니었다. 약초를 캐고 짐승을 잡아 파는 것으로는 십 년이 지나도 쉽지 않은 일인 것이다.

결국 그는 오 년 전부터 제자들을 밖으로 내보내 돈을 벌게 했다.

십오 년 전에 입은 부상이 고질병처럼 괴롭히지만 않았어도 그 역시 밖으로 나가 한 팔 거들 것이거늘, 그럴 수 없어 제자들에게 미안하기만 했다.

그런데 어쨌든 그간의 노력이 헛되지 않아서 제법 많은 돈이 모였다. 조금만 더 모으면 건물 서너 채짜리 장원을 지을 수 있을 만큼.

조심스럽게 주머니를 안쪽에 집어넣은 진자방은 제자들을 둘러보며 물기 어린 목소리로 말했다.

"사부를 잘못 만나 너희들만 고생하는구나. 이제 조금만 참도록 해라."

각진 얼굴을 지닌 초강이 무뚝뚝하면서도 힘 있는 목소리로 말했다.

"사부님도 별말씀을 다 하십니다. 저희야 사부님이 구해 주지 않았으면 모두 죽었을 목숨 아닙니까? 그런 말씀 마십시오."

강소하도 담담히 웃으며 마음 약한 사부, 진자방을 달랬다.

"초 사형의 말이 맞아요, 사부님. 사부님께서 다치신 것도 다 저희를 구하시려다 그렇게 된 것이잖아요. 그러니 조금도 미안해하실 필요가 없어요. 지금보다 훨씬 힘든 일도 사부님만 건강하신 모습으로 저희 곁에 계시면, 저희는 얼마든지 웃으면서 즐겁게 일할 수 있어요."

진자방의 네 제자는 모두 전쟁으로 고아가 된 사람들이었다.

십오 년 전, 진자방이 목숨 걸고 뛰어들어서 구해 주지 않았더라면 병사들의 노리개가 되어서 온갖 고통을 당하다 죽었을 것이다.

그런 만큼 진자방은 그들에게 사부이자 아버지이며, 어머니였다. 그리고 그들 역시 진자방에게 제자이자, 자식이었다.

"녀석들, 이제 다 컸구나. 이 사부를 놀릴 줄도 알고, 허허허허."

전각 앞마당 한쪽에서 진자방과 그 제자들의 대화를 듣던 북궁천은 자신도 모르게 가슴이 찡하니 울렸다.

사제 간의 정이라는 게 저런 것인가?

살아오면서 한 번도 느껴 보지 못했던 감정. 생경했다.

자신 역시 여러 사람에게 많은 것을 배우긴 했다. 그중에는 수십 년간 고련하며 얻은 깨달음을 사심 없이 전해 준 사람도 있었다.

그러나 한 번도 사제 간이라는 것에 대해서 깊게 생각해 본 적이 없었다. 북천의 주인으로서 당연한 권리라 생각했을 뿐.

그런데 진자방과 그의 제자들을 보니 그동안 너무 두꺼운 껍질을 뒤집어쓰고 살아온 것만 같았다.

'다른 사람에게는 공포의 대상이었던 야율 노인도 웃는 모습은 보기 좋았는데. 성격이 괴팍한 천광자 노인도 나만 보면 옛날이야기를 곧잘 했고……'

야율소와 천광자는 오 년 전에 천수를 다하고 저세상으로 갔다. 이제는 술이라도 받아 주며 따뜻하게 대하고 싶어도 그럴 수가 없었다.

사대원로 역시 귀찮은 존재로만 여겼는데, 다시 생각해 보면 즐거웠던 때가 적지 않았다.

단무영이야 말할 것도 없고.

북궁천은 쓴웃음을 지으며 하늘을 올려다보았다.

단 며칠 사이에 너무 많은 것이 변했다. 그중 가장 많이 변한 것은 바로 자기 자신이었다.

그는 그러한 변화가 싫진 않았다. 조금 어색할 뿐.

'훗, 사대원로가 알면 눈이 튀어나오겠군.'

그가 흘러가는 구름을 보며 실소를 지을 때였다. 건너편 전각에서 진자방이 세 제자와 함께 나오며 그를 불렀다.

"이보게, 단 공자. 잠깐 이리 오게나."

진자방은 북궁천에게 자신의 제자들을 소개시켜 주었다.

북궁천은 동호량과 초강, 강소하와 이야기를 나누어 보면서 진자방이 호언장담할 만하다는 생각이 들었다.

뛰어난 신체조건, 맑고 강한 눈빛, 고른 기의 흐름.

이정한도 그렇고, 다른 세 제자 역시 어디 내놓아도 뒤지지 않을 만큼 뛰어난 자질이 엿보였다.

성격은 확연히 차이가 났는데, 눈이 가느다란 동호량은 성격이 꼼꼼했고, 얼굴선이 굵은 초강은 무뚝뚝하면서도 곧은 성격이었다.

그리고 홍일점으로, 눈이 크고 얼굴이 동그래서 귀여운 상(相)인 강소하는 남을 편안하게 했다.

'의외군. 생각보다 훨씬 뛰어난데?'

북궁천을 처음 대한 세 사람도 조용하고 왠지 모를 무게감이 느껴지는 북궁천이 싫지 않았다.

다만 동호량은 약간의 경계심을 보였는데, 그것은 순전히 강소하 때문이었다.

강소하를 좋아하는 그로선 북궁천에게서 풍기는 묘한 매

력에 신경이 쓰이는 게 당연할지도 몰랐다.

더 걱정되는 것은, 그런데도 북궁천에게 거부감이 들지 않는다는 것이었다.

"단 공자는 나이가 어떻게 되세요?"

강소하가 저렇게 나이를 묻는 것은 마음에 들지 않지만.

'여자가 왜 먼저 그런 걸 물어봐?'

동호량은 속으로 투덜대며 강소하를 흘겨보았다.

그 때 북궁천이 담담히 웃으며 대답했다.

"스물일곱이오."

"어머, 그럼 대사형하고 나이가 같네요? 생일은 언제예요?"

"시월이오."

"대사형은 십이월인데……."

이정한마저 강소하를 째려보았다.

'으이그, 주책. 그건 왜 말해? 저 친구는 내 나이가 더 많은 줄 아는데.'

그러든 말든 강소하는 궁금한 것이 많았다.

"여기에는 언제까지 있을 생각이세요?"

"허락된다면 보름 정도 더 머물렀으면 하오. 그때쯤이면 몸이 어느 정도 나을 것 같소."

"정말요? 그럼 저희하고 비슷한 시기에 나가시겠군요. 저희도 그때쯤 되면 다시 나갈 생각인데."

강소하가 활짝 웃으며 반색하자, 더는 못 보겠는지 동호량이 끼어들었다.

"단 형, 사매 말은 너무 신경 쓰지 마십시오. 우리가 언제 나갈 것인지 아직 정해진 계획은 없으니까요."

그런데 진자방이 한술 더 떴다.

"단 공자도 태원에 가야 한다는구나. 길을 잘 모르는 것 같으니, 기왕이면 함께 나가서 동행하도록 해라."

동호량의 어깨가 축 처졌다.

함께 있는 것으로도 모자라 동행까지 해야 하다니.

그 때 진자방이 빙그레 웃으며 북궁천에게 말했다.

"그런데 말이네, 그때까지 지내려면 한 조각 더 줘야 할 것 같은데…… 뭐, 없으면 말고."

*　　　*　　　*

태극당에서의 생활은 단조로우면서도 편했다.

북궁천이 운기조식을 행하거나 북두패왕권을 수련할 때는 누구도 방해하지 않았고, 이런저런 잡일도 시키지 않았으며, 하루 세 끼 식사는 꼬박꼬박 챙겨 주었다.

물론 그 모두가 북천령의 귀퉁이를 한 조각 더 떼어 준 덕분이었지만, 어쨌든 덕분에 그의 몸은 빠른 속도로 회복되었다.

그런데 진자방의 세 제자가 돌아온 지 사흘째 되던 날이었다.

북궁천이 북두패왕권을 다섯 번 연속으로 펼친 후 숨을 고르고 있는데 초강이 다가왔다.

그는 이마를 잔뜩 찌푸리고서 이해할 수 없다는 듯 물었다.

"단 형, 실례되지 않는다면, 조금 전에 펼친 권법이 어떤 것인지 알고 싶습니다만."

북두패왕권의 이름을 밝히면 자신의 정체를 눈치챌지도 모르는 일. 북궁천은 대충 둘러댔다.

"북패권이오."

"처음 듣는 권법이군요. 투로가 단순하게 보이면서도 묘한 현기가 느껴지는데, 괜찮다면 저하고 간단하게 몇 수 나눠 보지 않겠습니까?"

다른 세 사람은 검법을 주 무공으로 삼고 권장법을 부수적으로 수련했다. 하지만 그는 특이하게 권장법을 주 무공으로 택했다. 하기에 남들이 보지 못한 것을 본 듯했다.

북궁천은 초강의 마음을 짐작하고 담담히 응낙했다.

"내공을 쓰지 않고 간단하게 겨루는 거라면 나도 좋소."

그가 초강의 요구를 받아들인 것에는 나름대로의 이유가 있었다. 일단 겨뤄 보면서 결정할 일이지만.

두 사람이 일 장의 거리를 두고 마주서자 진자방은 물론이고 이정한과 동호량, 강소하가 호기심 가득한 눈빛을 반짝였다.

그 때 초강이 느릿하게 오른발을 앞으로 내딛고는, 두 손의 손바닥을 쫙 펴서 앞으로 뻗었다.

북궁천도 정자(丁字)로 서서 좌수는 가슴 앞에 세우고, 우수는 사선으로 뻗으며 허공을 움켜쥐었다. 그게 바로 북두패왕권의 기수식이었다.

순간, 초강이 두 발을 번갈아 옮기며 두 손으로 둥글게 원을 그렸다.

한순간에 두 사람의 간격이 넉 자로 줄어들었다.

빈틈만 보이면 곧바로 쇄도해서 몸을 가격할 수 있는 거리.

공력을 쓴다면야 넉 자가 아니라 사 장 거리에서도 상대에게 위협적인 공격을 할 수 있었다.

하지만 온전히 초식으로만 겨루어야 하기에 직접적으로 부딪칠 수밖에 없었다.

타다다닥.

눈 깜짝할 사이, 두 사람의 손이 얽혀 들며 십여 번에 걸쳐 타격음이 일었다.

초강은 삼초 십이식의 태극일원장을 펼치고 뒤로 물러났다.

상대는 단순하게 뻗고 휘감고 당기면서 막을 뿐인데, 마치 바위에 박혀 있는 철 기둥을 혼자서 때리는 기분이었다.

'어떻게 된 거지?'

오기가 생긴 그는 좀 더 변화가 심한 공격을 펼치기로 작정하고 북궁천을 향해 쇄도했다.

북궁천은 처음과 똑같은 자세에서 손을 뻗었다.

눈썹 한 올 움직이지 않고 상대 공격의 결을 파고드는 손짓은 초강에게 섬뜩함마저 안겨 주었다.

하지만 시작했으니 결과는 봐야 할 터. 초강은 자신의 모든 재주를 다 발휘해서 북궁천을 몰아붙였다.

그의 공격이 강력해질수록 구경하는 사람들은 손에 땀을 쥐었다.

완벽에 가까운 태극일원장이었다. 그런데 왜 삼류 권법처럼 보이는 단화린의 단순한 방어를 뚫지 못하는 걸까?

그들이 답답해하던 순간!

타닥!

북궁천과 초강의 손이 얽히는가 싶더니, 초강이 주르륵 세 걸음을 물러섰다.

평소보다 더 딱딱하게 굳은 표정, 흔들리는 눈빛.

아무래도 그가 손해를 본 듯하자, 구경하던 태극문 사람들은 의아한 표정을 지으며 그를 주시했다.

그 때 입술을 잘근 깨문 초강이 두 손을 맞잡고 포권을 취하며 고개를 숙였다.

"제가 졌습니다."

북궁천도 가볍게 포권을 취해서 상대의 패배를 받아 주고
는 담담한 어조로 말했다.

"잘 생각해 보면 왜 이런 결과가 나왔는지 알게 될 거요."

초강은 아무 말도 못 하고 북궁천만 바라보았다.

그렇지 않아도 머릿속에 의문이 쌓여 있는데, 그 말을 들
으니 더 혼란스러웠다.

바로 그 때, 북궁천이 천천히 손을 뻗어서 허공을 움켜쥐
었다.

순간, 뭘 봤는지 초강의 눈이 한껏 커졌다.

'파리가 날아가지 못하고 갇혔다. 단 형의 손은 한없이
느렸는데, 왜?'

"당장은 힘들 거요. 하지만 부단히 노력하면 언젠가는 이
처럼 할 수 있을 거요."

북궁천은 혼란에 휩싸인 초강에게 한마디 더 해 주고 몸
을 돌렸다.

북궁천이 방으로 들어가자 진자방과 그의 제자들이 우르
르 초강에게 다가갔다.

"어떻게 된 거냐? 왜 패배를 시인했지? 우리가 봐선 네가
더 나았던 것 같던데."

이정한이 영문을 알 수 없다는 표정으로 물었다.

진자방과 동호량, 강소하도 궁금하다는 듯 초강의 입만 바라보았다.

초강은 그 말을 듣고 더 어깨가 늘어졌다.

바로 옆에서 보고도 알지 못한다는 것은 그만큼 상대의 수가 높다는 말이었다.

하긴 직접 손을 나눈 그조차 확실한 것을 알지 못하는데 구경한 사람들이 얼마나 알 것인가.

그는 쓴웃음을 지으며 자신의 생각을 간단하게 말했다.

"저와 단 형은 수준이 다릅니다. 죄송하지만 지금 당장은 그렇게밖에 말씀드릴 수가 없습니다, 대사형."

진자방 등은 그 말을 듣고 오히려 궁금증만 더 커졌다.

"조금 전에 단 공자가 손을 뻗었을 때, 왜 그렇게 놀랐어요?"

이번에는 강소하가 물었다.

초강은 자신이 본 대로 대답했다.

"그가 손을 뻗어 파리를 잡았다, 사매."

동호량이 피식 웃었다.

"난 또. 뭐 그런 걸 가지고 놀라? 여기서 날아가는 파리를 손으로 못 잡는 사람이 누가 있다고? 나는 한 번에 세 마리를 잡을 수도 있는데."

"그냥 손을 천천히 뻗어서 잡았습니다. 파리는 병 안에 갇힌 것처럼 그 자리에서 꼼짝도 못 했고요. 저는 절대 파리를 그렇게 잡을 수 없습니다, 사형.”

초강뿐만 아니라 태극문의 그 누구도 파리를 그렇게 잡을 수 없었다.

하기에 태극문의 다섯 사제는 파리에 대해서 고민하느라 한동안 움직이지 못했다.

이정한이 북궁천의 방을 힐끔거리며 투덜거릴 때까지.

“십칠 년 동안 저 권법을 수련했다더니, 별 요상한 재주를 다 익혔군.”

*　　　*　　　*

태극문의 제자들이 돌아온 지 닷새째.

북궁천은 석양빛을 받으며 절벽 아래를 내려다보았다. 저 앞쪽 공터에서 태극문의 제자들이 수련에 열중이었다.

그들의 모습을 한참 동안 바라본 북궁천은 아쉬운 마음이 들었다.

‘무공의 수준이 자질을 채워 주지 못하고 있어.’

태극문의 무공이 형편없어서 그런 것이 아니었다.

초강과 간단히 대련하면서 느낀 바지만, 태극문의 무공은 능히 절정의 공부였다.

문제는 무공의 해석이 잘못되었든지, 아니면 가르침이 잘못되어서 저들이 깊은 뜻을 깨닫지 못하고 있다는 것이었다.

그렇다고 그가 먼저 나서서 잘못된 점을 지적해 줄 수도 없었다. 나름대로 포부를 갖고 있는 진자방이 자존심 상할지도 모르니까.

북궁천이 태극문 제자들의 수련을 지켜보고 있는데 진자방이 뒤로 다가오며 물었다.

"어떤가?"

"말씀대로 뛰어난 제자들이군요."

진자방의 얼굴에 활짝 웃음꽃이 피었다.

"그렇지? 허허허, 저 아이들이 조사님의 무공을 되찾았으면 좋겠는데……."

현재 상태로는 쉬운 일이 아니다. 출발이 잘못되어 있으니까.

그런데 진자방의 말투로 봐서 그는 아직 모르고 있는 듯했다.

잠시 생각을 정리한 북궁천이 진자방에게 물었다.

"제가 함께 수련해도 괜찮겠습니까?"

초강의 말을 듣고 나름대로 생각한 것이 있던 터라 진자방도 거부하지 않았다.

"좋을 대로 하게. 서로 도움을 주다 보면 조금이라도 나아지지 않겠나?"

"실례가 되지 않는다면 한 가지 물어보고 싶은 게 있습니다만."

"그래? 뭔지 몰라도 물어보게. 내가 아는 거라면 대답해 주지."

"태극문의 선조 한 분이 사라지면서 무공에 문제가 생겼다 하셨는데, 연유를 알려 주실 수 있습니까?"

진자방은 사문의 일을 남에게 말한다는 게 마음에 걸리는지 바로 대답하지 못했다.

하지만 비사(秘事)라 할 것도 없는 이야기였다. 또한 초강의 말이 사실이라면 뭔가 신비한 구석이 있는 청년이었다.

잘하면 해결책을 찾을 수 있을지도 모르는 일. 그는 약간의 기대감을 가지고 입을 열었다.

"뭐, 어려울 것도 없지. 그러니까 말이야……."

태극신검이 실종된 후 태극문의 대부분의 무공은 구전(口傳)으로 이어졌다. 그로 인해 태극심법(太極心法)을 제외한 절기들은 절전되다시피 했다.

그나마도 태극심법은 구결이 워낙 오묘해서 후대의 문주들이 열심히 노력했는데도 이 사람 저 사람 풀이하는 이에 따라 내용이 달라졌다.

그동안 문주들이 태극심법을 풀이해 놓은 책자만 스물네 권.

그 바람에 무공이 정립되기는커녕 혼란만 가중되면서 수

백 년 동안 답보 상태를 벗어나지 못한 것이다.

"나는 억지로 풀이하려 하지 않고 그중 가장 이해하기 쉬운 것을 택했네. 그 본질은 같을 거라 생각했으니까. 그 대신 초식에 많은 시간을 투자했는데, 내 능력이 따르지 않아서 큰 성과는 거두지 못했지. 그 일은 아무래도 제자들에게 맡겨야 할 것 같아. 나보다 훨씬 총명하고 몸도 좋으니까 말이야."

진자방은 솔직하게 태극문이 처한 입장을 설명해 주고 쓴웃음을 지었다.

그의 웃음에는 능력이 없어서 제자들에게 더 많은 것을 전해 주지 못한 노사부의 아쉬움이 배어 있었다.

북궁천은 진자방에게 이야기를 듣고 나서야 왜 태극문 제자들이 익힌 무공에 허점이 많은지 이해되었다.

'열흘 동안 얼마나 깨달을지 모르겠군.'

열흘 후에는 떠나야 한다. 그때까지 저들의 무공을 교정해 줄 생각인데, 얼마를 깨닫든 그것은 저들의 복이었다.

*   *   *

북궁천이 수련에 합류하자 태극문의 네 제자들 반응이 둘로 갈라졌다.

이정한은 떨떠름한 눈치였고, 동호량은 불편한 마음이

표정에 그대로 드러났다.

반면 초강은 들뜬 표정이었고, 강소하는 그저 즐거워서 웃음이 지워지지 않는 듯했다.

동호량은 강소하의 반응 때문에 더 기분이 상했다.

‘키만 컸지 별 볼 일 없어 보이는 저자가 뭐 좋다고……쳇.’

북궁천이 수련에 합류하자 대뜸 대결을 신청한 것도 그러한 마음 때문이었다.

“나하고 가볍게 한번 붙어 보지 않겠수?”

북궁천은 마다하지 않았다. 어차피 때가 되면 그가 요구할 생각이었으니까.

그리고 잠시 후.

“져, 졌수!”

동호량은 목검에 서른여덟 대를 얻어맞고 패배를 선언했다.

처음에는 그놈의 자존심 때문에 패배를 인정할 수 없었다. 그리고 나중에는 상대가 지나가듯이 던지는 한마디 한마디에 묘한 느낌이 들어서 악착같이 버텼다. 하지만 이제는 서 있기조차 힘들어서 어쩔 수가 없었다.

상황을 봐서 자신도 한번 나서 보려던 이정한은 물먹은 솜처럼 늘어진 동호량을 보고 생각을 거두었다.

초강과 비무할 때도 묘하게 이기더니 동호량과의 비무에
서도 뭔가 이상했다.

막상막하처럼 보이던 상황이 어느 순간부터 일방적으로
흘러갔다.

단화린의 단순한 공격에 동호량은 허둥댔고, 동호량의
날카로운 공격은 단화린의 간단한 손짓을 뚫지 못했다.

그리고 더 이상한 것은, 엄살이 심한 동호량이 그 지경이
되도록 버티면서도 눈빛이 초롱초롱하다는 점이었다.

'이번 표행이 유난히 힘들었다더니, 그 때문에 참을성이
많이 늘었나?'

그럴 가능성은 거의 없지만, 당장은 다른 이유를 생각하
기가 힘들었다.

그런데 동호량이 생각도 못 한 말을 해서 그를 더 곤혹스
럽게 했다.

"내일 다시 붙읍시다. 그때까지는 막을 방법을 생각해 보
겠수."

'응? 동 사제에게 저런 끈기가 있었던가?'

이정한은 고개를 갸웃거리며 북궁천과 동호량을 번갈아
보았다.

그 때 북궁천이 그를 보며 말했다.

"이 형도 한번 해보지 않겠소?"

"나요?"

흠칫한 이정한은 거부하려고 했다. 그런데 동호량이 절룩거리면서 재빨리 자리를 피해 주는 게 아닌가.

'저 자식이!'

게다가 초강과 강소하도 눈빛을 반짝이며 이정한을 바라보았다.

사제들이 기대하는 표정으로 바라보는데 물러서면 대사형의 체면이 뭐가 되랴.

'그래, 오늘 이 대사형의 진면목을 보여 주마!'

이정한은 들고 있던 목검을 불끈 쥐고 턱을 쳐들었다.

"좋소. 그럼 한번 해봅시다."

일각 후. 바닥에 드러누운 이정한은 떠가는 구름을 멍하니 쳐다보며 일어날 생각을 하지 않았다.

'지미, 단화린 말대로 그때 그렇게 변화시켰으면 훨씬 나았는데, 왜 지금까지 몰랐지? 나중에 펼친 태극일화(太極一化)도 원을 좀 더 작게 그렸어야 돼. 초식의 연결도 틀에 박힌 대로만 할 것이 아니라……'

강소하는 넋 나간 것처럼 보이는 이정한이 염려되는지 걱정 가득한 표정으로 그에게 다가갔다.

"대사형, 괜찮아요?"

하지만 동호량과 초강이 그녀를 말렸다.

"사매, 그냥 놔둬."

"건들지 마라, 소하."

"사형, 왜……?"

강소하는 영문을 알 수 없다는 표정으로 두 사람을 돌아다보았다.

두 사람은 씁쓸한 표정으로 고개를 저었다.

강소하는 눈치 빠르게 뭔가를 깨닫고 큰 눈을 깜박였다.

"혹시 두 분 사형도……?"

동호량과 초강은 미미하게 고개를 끄덕였다.

＊　　　＊　　　＊

첫날 이후, 이정한을 비롯한 태극문의 제자들은 질 줄 뻔히 알면서도 북궁천에게 달려들었다.

그들은 아무리 힘들어도 열기에 찬 눈빛을 번뜩이며 비무에 임했다. 그리고 비무가 끝나면 숨이 턱까지 닿은 상태에서도 생각에 골몰했다.

북궁천은 그러한 모습을 보고 새로운 재미에 흠뻑 빠졌다.

남에게 배우기만 하던 시절이 지난 후부터는 북천궁의 영역을 넓히기 위해서 싸우는 게 일상이었다.

사오 년 동안 백 회 이상의 싸움을 했고, 그중 경천동지의 격전을 벌인 것만 해도 이삼십 회는 되었다.

북천마제는 그렇게 생사를 넘나드는 혈전 속에서 탄생한 것이다.

하지만 그뿐, 누군가를 가르친다는 것은 한 번도 생각해 보지 않았다.

그런데 비록 며칠이지만 태극문의 제자들을 가르치다 보니 재미가 있었다.

어설프면 어설픈 대로, 작은 깨달음이라도 얻어서 기뻐하는 걸 보면 그 나름대로 즐거운 것이다.

그렇게 닷새가 흐르자, 북궁천은 자신에게 즐거움을 준 네 사람을 위해서 수련의 강도를 높이기로 했다.

힘은 들겠지만 견뎌 내면 보다 많은 것을 얻을 수 있을 것이고, 태극문을 일으키는 데 큰 도움이 될 게 분명했다.

"이제부터는 공력을 끌어 올리고 공격해 보시오. 나 역시 그에 맞는 힘을 쓰도록 하겠소."

네 사람의 표정이 묘하게 구겨졌다.

아무리 생각해도 자신들이 이길 것 같진 않고, 그렇다면 공력을 사용한다는 것은 그만큼 더 위험하다는 말과 같았다.

설령 위험하지 않다 해도 그만큼 힘들 것은 뻔했다.

하지만 이정한은 곧, 에라 나도 모르겠다는 심정으로 고개를 끄덕였다.

"좋소. 그렇게 하죠, 뭐."

그런데 동호량이 한술 더 떴다.

"검도 진검으로 사용하면 어떻겠수?"

이판사판이었다. 기껏해야 죽기밖에 더하겠어?

＊　　＊　　＊

진자방은 제자들이 매일 북궁천에게 패하는 걸 보고 속이 무척 상했다.

괜히 단화린을 수련에 동참하게 했다는 생각마저 들었다.

'저놈이 저렇게 강한 줄 누가 알았나?'

그런데 조금 이상한 점은, 제자들이 별 불평불만을 하지 않고 계속 단화린에게 달려든다는 것이었다.

초강이야 그렇다 치고 이정한과 동호량은 조금 삐딱한 성격인데도 말이다.

궁금함을 참지 못한 그는 이정한을 불러 물어보았다.

그러자 이정한이 머쓱한 표정으로 말했다.

"사부님, 그게 말이죠, 단 형이 저희 태극문 무공의 약점을 교정해 주려고 하는 것 같습니다. 그래서 질 줄 뻔히 알면서도 계속 달려드는 겁니다."

진자방의 눈이 동그래졌다.

"뭐? 그게 정말이냐?"

"처음에는 초강의 말을 듣고 무슨 소리인가 했는데, 며칠해 보니까 초강의 말이 맞지 뭡니까."

"그런데 왜 나에게 말을 안 한 거지?"

"단 형도 정확한 말을 해 주지 않아서, 확실하게 어떤 결과가 나오면 말씀드리려고 했죠. 그전에 말하면 괜히 사부님의 심기만 불편해질지도 모르고요."

"흐음, 그렇단 말이지?"

진자방은 수염을 쓰다듬으며 눈을 가늘게 좁혔다.

제자들의 패배가 가슴 아픈 것은 분명하지만, 그보다는 태극문의 재건이 우선이었다.

그리고 강해지면 강호에 나가서 그만큼 안전해진다는 뜻이 아닌가.

그렇다면 북궁천이 조금 더 심하게 다루어도 상관없었다.

힘들면 힘든 만큼 더 강해질 테니까. 그동안은 그저 제자들이 잘 견뎌 주기만을 바라는 수밖에.

'역시 보통 젊은이가 아니야. 몇 달 전에 꿈에서 용 한 마리가 날아들더니, 역시 길몽이었나?'

당시는 개꿈인 줄 알았다.

꿈에 나타난 용이 어디서 쥐어터지고 왔는지, 뿔도 하나 부러지고 비늘도 여기저기 빠져서 워낙 볼품이 없었으니까.

그런데 볼품이 없어도 용은 용인 모양이었다.

'드디어 태극문에도 햇살이 비치는구나.'

북궁천은 진자방이 바라는 대로 태극문의 제자들을 심하게 다뤘다.

비무를 하면서 진검을 쓰지는 않았지만, 진검을 쓴 것같이 실전을 방불케 할 정도로 강하게 몰아붙였다.

아마 그가 마지막에 힘을 적절히 조절하지 않았다면 태극문의 네 제자는 며칠씩 앓아누웠을 것이 분명했다.

이정한 등은 조금도 불만을 드러내지 않고 북궁천의 가르침을 받아들였다.

떠날 날이 얼마 남지 않았다는 사실을 그들도 모르지 않았다. 그 안에 하나라도 더 배워야 했다.

배우면 배우는 만큼 험한 강호에서 더 오래 살 수 있을 테니까.

그렇게 시간이 계곡물 흐르듯 빠르게 흘렀다.

태극문 제자들은 하루하루가 너무 빨리 흐르는 것 같아 아쉬웠다.

하지만 아쉬움이 클수록 시간이 빨리 가더니 순식간에 떠날 날이 다가왔다.

*　　　*　　　*

떠나기 전날 밤.

대주천을 마친 북궁천은 만족한 표정으로 기운을 단전에

갈무리했다.

'이제 칠성은 회복된 것 같군.'

정체불명의 알에서 얻은 열양진기 덕분인지 같은 칠성 공력이라 해도 이전보다 더 강해진 것처럼 느껴졌다.

이 정도라면 강호에 나가도 큰 어려움은 없을 듯했다.

마음에 여유가 생긴 그는 방을 나섰다.

오늘은 보름달이 뜨는 날이었다. 그에게는 특별한 날.

앞마당 끝의 절벽까지 다가간 그는 하늘을 올려다보며 달빛을 가슴에 안았다.

중천에 뜬 보름달이 유난히 크고 밝았다. 헌원려려를 처음 본 그날처럼.

'벌써 이 년이 지났구나, 려려.'

그랬다. 오늘이 바로 그의 생일이었다.

이 년 전과 달리 축하해 주는 사람이 아무도 없는 생일.

하지만 그는 조금도 아쉽지 않았다.

자신은 세상에 나와 있었다. 북천궁에 있을 때보다는 헌원려려가 있는 곳과 훨씬 가까웠다. 그리고 이제 날이 밝으면 헌원려려를 찾기 위해 이곳을 떠날 것이었다.

'조금만 기다려라. 내가 곧 찾아갈 테니까.'

그 때 방문이 열리는 소리가 들렸다. 진자방이었다.

"험, 달이 참 밝구먼."

그는 휘휘 하늘을 둘러보며 건성으로 한마디 하고는 북

궁천 옆으로 다가와서 나란히 섰다.

북궁천이 말없이 바라만 보자, 그는 수염을 만지작거리며 보름달을 올려다보았다.

"뭔가를 간절히 원해 본 적이 있는가?"

북궁천도 보름달을 향해 고개를 돌리며 씁쓸한 표정으로 대답했다.

"있습니다."

지금도 원하고 있고.

"나도 그랬지. 전쟁이 벌어졌다는 말에 집으로 달려가면서 마누라와 아이들이 살아 있기를 부처님께 간절히 빌었지. 그런데 집에 도착해 보니 처참한 시신으로 변해 있더군. 아마 고통스럽게 죽어 가면서 나를 많이 원망했을 거야."

"힘든 시간이었겠군요."

"반쯤 미쳐서 복수를 하기 위해 전쟁터에 뛰어들었지. 그 때 저 아이들을 만났네. 집은 불에 타고 부모는 처참하게 죽어 있는 곳에서 넋을 잃고 있더군. 앞뒤 가리지 않고 구했다네. 솔직히 말하면 그때 그런 용기가 어떻게 났는지 나도 잘 모르겠어. 정신없이 싸우면서 애들을 피신시키다 보니 어느새 전쟁터에서 멀어져 있지 뭔가. 그런데 나를 바라보는 아이들의 눈빛이 어찌나 안쓰럽던지 나 몰라라 할 수가 없더군. 그래서 곧바로 그곳을 떠나 이곳으로 들어왔네. 그런데 벌써 십오 년이나 흘렀다니, 정말 세월은 빨라."

전에 어렴풋이 듣긴 했지만 그렇게 절박한 상황이었을 줄은 생각도 못 한 터였다.

북궁천은 진자방과 그의 제자들이 일반적인 사제 간보다 더 끈끈한 정으로 얽힌 이유를 이해할 수 있을 것 같았다.

"제자들이 자식 같겠군요."

"맞아, 자식이나 같지. 나는 아이들을 키우면서 하늘이 내 바람을 완전히 외면하지 않았다는 생각을 했네. 마누라와 자식을 데려간 대신 새 자식을 넷이나 줬으니 말이야."

담담히 미소를 지은 진자방은 고개를 돌려 북궁천을 바라보았다.

"단 공자, 내 비록 별 볼 일 없는 사람이지만, 그런 나도 자네가 보통 사람이 아니라는 건 아네. 오래 살다 보니 눈치만 늘었지 뭔가? 내 자네에게 주제넘은 말 한마디 해도 되겠나?"

"하십시오."

"가끔 하늘은 사람을 놀릴 때가 있네. 줘야 할 것을 간절한 마음으로 노력하는 사람에게는 주지 않고, 가만히 있는 사람에게 줄 때가 있거든. 그때는 하늘이 참 불공평하다고 생각되지. 노력한 것이 덧없다는 생각만 들고. 하지만 하늘의 불공평을 탓할 시간에 조금이라도 더 노력하는 게 현명하다는 생각이네. 최소한 가만히 있는 것보다는 간절히 바라며 노력할 때, 보다 많은 기회가 주어지거든."

그동안 말없이 지켜보더니 자신의 마음 한구석에 차곡차곡 쌓여 있는 간절함을 엿본 듯했다.

산속 생활 십오 년에 반쯤 도사가 된 모양이다.

북궁천은 쓴웃음을 지으며 고개를 끄덕였다.

"저도 노력해 볼 생각입니다. 말씀 고마웠습니다."

"허허허, 좋게 받아 주니 나도 마음이 편하군. 떠나는 마당이니 한잔하겠나? 숨겨 놓은 것이 조금 있는데 아주 잘 익었거든."

"죄송합니다. 저는 당분간 술을 안 마시기로 했습니다."

"술을 마시자는 게 아니네."

"그럼?"

"곡차를 마시자는 거지."

눈을 찡긋한 진자방이 뒤를 향해 소리쳤다.

"정한아! 가서 곡차 좀 내오너라!"

*　　　*　　　*

마침내 햇살이 동천에서 폭죽처럼 솟아오르는 아침이 찾아왔다.

마지막 아침 식사는 아쉬움과 설렘 속에서 조용히 끝났다.

진자방조차 말 한마디 없더니 식사를 마친 후에야 입을

열었다.

"전에 말했다시피 태원까지 우리 아이들과 함께 가도록 하게. 장 의원도 꼭 만나보고."

"알겠습니다."

"나는 자네를 남으로 생각하지 않네. 자넨 우리 태극문의 은인이나 다름없는 사람이야."

"너무 마음 쓰지 마십시오."

"허허허, 정말 겸손하고 예의 바른 젊은이라니까."

북궁천의 입가에 희미한 미소가 맺혔다.

사대원로가 진자방의 말을 들었으면 어떤 표정을 지었을 까?

잠시 후. 자신의 방으로 간 북궁천은 검을 옆구리에 차고 밖으로 나갔다.

이정한과 동호량, 초강이 먼저 나와 있고, 때맞춰서 진자 방이 방에서 나오고 있었다.

진자방은 눈빛이 달라진 제자들을 보고 흐뭇한 표정을 지었다.

"너무 무리하지는 말고 적당히 벌면 돌아오도록 해라."

사부의 자상한 작별 인사에 이정한이 대표로서 대답했다.

"예, 사부님. 사부님도 건강 조심하십시오."

"소하가 있는데, 뭐. 아무 걱정 마라."

그랬다. 이번에는 이정한 대신 강소하가 남기로 했다.

세 사람이 일을 나가면 한 사람이 사부 곁에 남아서 쉬는데, 원래는 동호량이 남아야 할 순서였다. 그런데 동호량이 일을 나가겠다고 강력히 주장하면서 대신 강소하에게 쉬라고 했다.

물론 강소하를 위해서 그런 것만은 아니었다.

그는 단화린과 강소하가 나란히 걸어가는 모습을 상상만 해도 가슴이 답답했다. 그가 이곳에 남고 강소하가 따라가면, 그는 아마 속이 타서 죽을지도 몰랐다.

단화린에게 고마운 것은 고마운 것이고, 강소하는 강소하인 것이다.

"동 사형, 이번에는 말썽 부리지 말고 잘 다녀와요."

강소하가 동호량을 타박하며 말했다. 그래도 동호량은 그녀의 말에 웃음을 지었다.

전에 한번 고수를 잘못 건드렸다가 혼난 적이 있는데, 아직도 그 일을 잊지 않았나 보다.

"걱정 마. 그런 실수는 한 번으로 족하니까."

"피이, 말은 청산유수라니까. 단 공자, 나중에 꼭 찾아오셔야 해요?"

강소하는 동호량을 흘겨보고는 북궁천을 향해 방긋 웃었다.

북궁천은 담담한 표정으로 고개를 끄덕였다.

그에게 태극문 사람들은 처음 만나 본 부류의 사람들이
었다. 자신에게 정이란 게 뭔지 알게 해 준 사람들.
덕분에 헌원려려를 만난다 해도 전과는 다르게 대할 수
있을 것 같았다.
'아주 좋은 경험이었어.'

第五章

태원행 太原行)

휘이이이잉.

서쪽에서 불어오는 모래바람이 눈을 따갑게 할 정도로 거세게 불던 시월의 어느 날 정오 무렵.

천으로 입과 코를 가리고, 죽립을 머리에 쓴 네 사람이 산양(山陽)에 들어섰다.

산양은 대동(大同)에서 이백 리 남쪽에 있는 제법 큰 마을이었다.

청의인 셋과 흑의인 하나. 등에 봇짐을 하나씩 멘 그들은 삭막하게 느껴지는 대로를 따라 안쪽으로 들어갔다.

건물들은 모래를 뒤집어써서 온통 누렇게 보이고, 지나

다니는 사람들은 모래바람에 굴복당한 사람처럼 고개를 푹 숙인 채 종종걸음을 옮기고 있었다.

대로를 반쯤 통과하던 네 사람은 거친 모래바람에 떠밀리다시피, 황풍객잔이라고 써진 깃발이 찢어질 것처럼 펄럭이는 곳으로 들어갔다.

"후우, 바람이 너무 세서 숨쉬기도 힘들군."

제일 먼저 안으로 들어간 자가 죽립을 벗고 입과 코를 막은 천을 떼어 내며 말하는데, 다름 아닌 이정한이었다.

뒤따라 들어간 동호량과 초강도 진절머리 난다는 듯 고개를 흔들면서 객잔 안쪽의 비어 있는 탁자로 갔다.

북궁천은 죽립을 벗고 천을 떼어 냈다. 그리고 초강의 바로 뒤를 따라가면서 객잔 안을 둘러보았다.

객잔 안에는 십여 명의 손님이 탁자의 반을 차지하고 있었다.

장사꾼으로 보이는 자, 마을 주민으로 보이는 자, 그리고 무기를 찬 무인도 셋이나 되었다.

그들은 안으로 들어선 북궁천 일행을 잠깐 바라보더니, 곧 신경을 끄고 고개를 돌렸다.

북궁천 일행이 자리에 앉자 점소이가 잽싸게 달려왔다.

"아이고, 바람도 센데 먼 길을 오셨나 봅니다요. 이거 좀 마시십쇼."

일행은 일단 점소이가 가져온 엽차를 입안에 털어 넣어서 모래로 막힌 목구멍을 뚫었다.

그제야 조금 숨 쉬는 것이 편해졌다.

"뭘 드시겠습니까요?"

점소이가 때를 놓치지 않고 주문을 받았다.

이정한은 양고기와 야채 요리 두어 가지를 주문하고 술 한 병을 추가했다.

점소이는 미리 준비라도 해 놓은 것처럼 잠깐 이야기를 나누는 사이에 요리를 들고 왔다.

이정한은 술병을 들고 먼저 북궁천에게 내밀었다.

"대형, 한잔하슈."

이정한과 동호량과 초강은 비무의 강도를 높인 후부터 북궁천을 대형이라 불렀다.

나이가 그들보다 많기도 했고, 실력과 하는 행동을 봐도 대형 대접을 해 줄 만했다.

그리고 대형이라고 하면 조금이라도 사정을 봐주지 않을까 하는 마음도 눈곱만큼은 담겨 있었다. 결과는 결코 좋지 않았지만.

북궁천은 담담히 웃으며 고개를 저었다.

"나는 마시지 않을 거니 자네들이나 마시게."

그의 하대는 너무 자연스러워서 오랜 세월 그렇게 지내 온 것만 같았다.

“저번에는 드셨잖습니까?”

동호량이 슬쩍 쳐다보며 물었다.

그래도 북궁천은 고개를 저으며 단호한 표정으로 거절했다.

“그땐 진 사부 말씀대로 곡차였지. 이건 술이고.”

“뭐, 그러시다면 어쩔 수 없죠. 대신 나중에 달라고 하기 없깁니다?”

이정한은 고개를 갸우뚱거리며 동호량과 초강의 잔에 술을 따랐다.

그렇게 술이 한 순배 돌 즈음, 객잔의 문이 열리더니 모래바람과 함께 갈의를 입은 무사 여섯 명이 안으로 들어왔다.

이정한이 그들을 보고 반색했다.

“어? 백풍문(白風門)의 상 당주님이시잖아?”

들어온 자들도 이정한을 보고 아는 척했다.

“이게 누군가? 오랜만이군.”

나이가 사십 전후로 보이는 갈의중년인이 거친 수염 사이로 웃음을 보이며 북궁천 일행이 있는 곳으로 다가왔다.

이정한은 벌떡 일어나서 그를 맞이했다.

“반갑습니다, 상 당주님.”

동호량과 초강도 일어나서 그를 향해 포권을 취했다.

중년인은 웃으며 두 손을 맞잡고 흔들었다.

“하하하, 반갑네. 전에 만났을 때도 거친 사풍이 불던 날이었는데, 자네들과 난 사풍과 인연이 있나 보군.”

“그때도 정말 모래바람이 세게 불었죠.”

상 당주. 대동 백풍문(百風門)의 도영당(刀影堂)을 맡고 있는 상우군은 이정한과 함께 앉아 있는 사람들을 둘러보았다.

“이번에도 일거리를 알아보려고 나온 건가?”

“예, 상 당주.”

“흠. 저 친구는 처음 보는데, 같은 사문의 사람인가?”

상우군은 북궁천을 슬쩍 바라보고는 이정한에게 물었다. 다른 사람은 모두 일어나 있는데 그만 앉아 있는 것이다.

“아, 여기 단 형님은 저희 태극문 제자가 아닙니다.”

“그래?”

상우군은 다시 북궁천을 향해 시선을 돌렸다.

그 때 그의 뒤로 다가온 그의 일행 중 하나가 눈살을 찌푸리며 말했다.

“젊은 친구가 예의가 없군. 그 정도 말했으면 일어나서 자신을 밝히는 게 기본 아닌가?”

솔직히 북궁천은 그래야 할 하등의 필요를 느끼지 못했다.

그는 여태껏 남이 자신을 대하고 고개 숙이는 것만 봤지, 자신이 일어나서 먼저 인사한 적은 없었다.

태극당에서의 일은 사정이 조금 달랐고. 자신이 아쉬웠으니까.

하지만 그게 강호의 예의라면 따르는 시늉이라도 하는 게 나을 듯했다.

그는 천천히 일어서서 담담히 입을 열었다.

"강호에 처음 나오다 보니 모르는 것이 많소. 이해해 주시오. 단화린이라 하오."

"도영당의 부당주인 위조현이네. 그런데 강호초출이라고? 다른 사람에 비해서 조금 늦게 나왔군."

"어쩌다 보니 그렇게 되었소. 그런데 그게 그렇게 이상하오?"

"아니, 뭐, 이상할 것은 없지."

상우군의 뒤에 서 있던 장한, 위조현은 대충 얼버무리고 북궁천의 위아래를 쓱 훑어보았다.

기분이 이상했다. 특별한 것도 없는 것 같은데 왠지 모르게 위축되는 기분이 들었다.

'묘한 놈이군. 강호초출의 애송이치고는 뭔가 있는 것 같은데?'

그 때 상우군이 입을 열어서 어색한 분위기를 풀었다.

"자자, 일단 자리에 앉지. 우리도 이 옆자리에 앉자고."

사람들이 모두 자리에 앉자 분위기가 어느 정도 안정되었다.

상우군도 엽차로 입을 축이고는 이정한에게 다시 질문했
다.

"일거리를 알아본다고 했는데, 계획하고 있는 거라도 있
는가?"

"아직 특별한 것은 없습니다. 단 형님을 태원까지 모셔다
드린 후에 찾아볼 생각이지요."

그 말을 듣고 상우군의 눈빛이 반짝였다.

"태원? 그럼 지금 태원으로 가는 길인가?"

"그렇습니다."

"그거 잘됐군."

"예?"

"우리 역시 태원으로 가는 중인데, 동행하지 않겠나? 태
원까지 함께 가면서 우리를 도와준다면 적절한 대가를 치르
겠네."

대동에서 태원까지 천 리 길이다. 백풍문의 무사가 태원
에 가는 것은 보편적인 일이라 볼 수 없었다.

더구나 단순 전령도 아니고 당주가 직접 나서지 않았는
가.

동호량이 그 점을 눈치채고 넌지시 물었다.

"중요한 일인 모양이군요."

상우군은 어깨를 한 번 으쓱하고 입을 열었다.

"문주님의 명으로 용천보에 가는 길이네. 중요하다면 중요한 일이지."

"저희 같은 별 볼 일 없는 무사들이 당주님께 도움이 될지 모르겠습니다."

"어려운 일은 아니네. 잡다한 일만 처리해 주면 되니까. 물론 엉뚱한 일이 생기면 싸울 수도 있으니, 그것도 생각하고 대답하게."

한마디로 일반 보표의 임무나 비슷한 일거리.

백풍문의 당주가 직접 움직이는 일이라는 게 마음에 걸리긴 했지만, 어차피 태원으로 가는 길이니 마다할 이유가 없었다.

이것저것 따져 본 이정한은 먼저 수당을 물어보았다.

"저희에게 얼마를 주실 생각이십니까?"

"일인당 은자 두 냥씩 주지."

태원까지 사나흘 거리. 그 정도면 단순한 일거리치고는 괜찮은 편이다.

"좋습니다. 그렇게……."

깊게 생각하지 않고 대답을 하려는 그에게 북궁천이 물어보았다.

"정한, 위험한 경우가 생기면 어떻게 하지? 수당을 따로 주는가?"

백풍문의 당주가 함께 가는데 설마 별일이 있을까?

그래도 혹시 모르는 일. 이정한은 상우군을 바라보았다.

"그런 경우 위험 수당도 생각해 주실 수 있습니까?"

상우군은 쓴웃음을 지으면서 대답했다.

"내가 인정할 만큼 위험한 상황이 발생하면 일인당 다섯 냥씩 주지."

일인당 다섯 냥이면 보표를 보름은 해야 벌 수 있는 액수.

이정한은 그 정도에서 만족했다.

"그리 생각해 주시겠다니 고맙습니다, 당주님. 그럼 그렇게 결정하기로 하지요."

"저 친구도 자네들과 함께할 건가?"

상우군의 눈이 북궁천을 향했다.

미처 생각지 못했던 일. 이정한은 북궁천을 돌아보았다.

"대형, 어떻게 하시겠수?"

북궁천은 생각할 것도 없다는 듯 가볍게 대답했다.

"같이 가면서 나만 빠질 순 없지. 나도 자네들과 똑같이 일하겠네."

그도 돈이 필요했다.

북천령을 계속 쪼개 쓸 수는 없는 일. 될 수 있으면 벌어서 쓸 생각이었다. 북천궁으로 돌아갈 경우를 생각해서라도.

게다가 돈은 귀신도 부린다고 했다. 돈이 있으면 려려를 찾는 게 조금이라도 쉬워질지 몰랐다.

＊　　＊　　＊

백풍문 사람들과 북궁천 일행은 산양을 출발해 남쪽으로 향했다.

모래바람은 오전보다 더욱 기승을 부렸다. 황량한 들판을 빠르게 걸어가는 그들을 쓰러뜨리지 못해 안달하는 것만 같았다.

하지만 석양이 지기 시작하자 그토록 거세던 바람도 기세가 한풀 꺾였다.

사람들은 그제야 한숨을 돌리고 노숙할 곳을 찾아보았다.

어둠이 짙어질 무렵, 집채만 한 바위가 이리의 이빨처럼 솟아 있는 계곡에서 모닥불 두 개가 시뻘건 혓바닥을 내밀며 타올랐다.

북궁천은 태극문 제자들과 함께 모닥불을 피우고는 바위 밑에 자리를 잡았다.

평평한 바닥에 마른풀을 깐 다음 그 위에 천을 하나 덮은 것이 잠자리 준비의 전부였다.

대충 노숙 준비가 끝나자, 사람들은 하나둘 황풍객잔에

서 사 온 육포를 꺼내 씹었다.

북궁천도 바위에 등을 기대고, 봇짐에서 손바닥만 한 육포를 하나 꺼냈다.

검은 휘장이 드리워진 하늘에 들어찬 별빛은 센다는 것이 무의미할 정도로 많았다.

붉은색, 푸른색, 노란색, 녹색…….

형형색색의 별빛이 하늘을 가득 메우고, 그중 인간들이 이름을 붙인 유난히 큰 별들이 수억 개의 별 사이에서 오롯이 반짝이고 있었다.

저 중에 아버지 어머니의 별은 어떤 것일까?

얼굴도 모르는 부모님이지만 자신을 낳아 주신 분이다. 그립지 않을 수 없었다.

조부님께선 어머니를 탐탁지 않게 생각하셨는데, 아버지가 조부님의 뜻을 어기고 별 세력도 없는 중소문파의 딸을 부인으로 맞이했기 때문이라고 했다.

그러고 보면 그 점은 자신도 아버지를 닮은 것 같다.

'조부님이 살아 계셨으면 또 난리가 났겠지.'

조부님은 참 독한 분이셨다.

어릴 때, 또래 아이들이 부모님과 함께 웃고 노는 모습을 보고 얼마나 부러워했던가.

그런데 조부님은 자신이 그런 모습을 보일 때마다 더욱 혹독하게 다그쳤다.

하나 있는 손자를 왜 그리 힘들게 했는지, 지금 생각해도 야속하기만 했다.

물론 조부님의 마음을 이해하지 못하는 것은 아니었다.

북천궁은 패도를 추구하는 세력. 힘이 없는 궁주는 수하를 다스릴 수가 없다. 그러니 조부님으로선, 당신이 돌아가신 후 북천궁이 남의 손에 넘어가는 것을 원치 않았을 것이다.

하지만 아무리 그렇다 해도, 예닐곱 살의 어린아이를 매일 지쳐 쓰러질 때까지 수련시킨 것은 지금 생각해도 씁쓸하기만 했다.

오죽 힘들었으면 북천궁에서 도망치는 꿈을 수도 없이 꾸었을까.

꿈에서 깨어난 후 자신이 북천궁에 있는 걸 알게 되었을 때는 더 큰 절망감에 빠져야 했지만.

'그때는 어린 마음에도 미칠 것 같았는데……'

문득 쓴웃음이 나왔다.

고조부께서 일으킨 북천궁을 자신이 내팽개쳤으니, 아마 조부님께서 아시면 무덤에서 뛰쳐나올지도 몰랐다.

하지만 후회는 없었다. 권좌를 누리는 것만이 삶의 모든 것은 아니니까.

만약 자신에게 자식이 생긴다면 절대 그런 삶을 살게 하지 않을 것이다.

'하고 싶은 일 마음껏 해 보라고 해야겠어.'

북궁천이 씨도 뿌리지 않고서 추수한 곡식을 어떻게 요리할까 고민하고 있을 때였다.

십여 줄기 유성이 천공을 가르며 흘렀다.

가히 장관이라 할 수 있는 광경.

'정말 멋지군!'

그런데 바로 그 때, 지상에서도 유성이 솟구쳤다. 붉은 유성이.

북궁천은 비스듬히 기댄 등을 세우고 그곳을 바라보았다.

붉은 유성은 허공으로 솟구치다가 다시 아래로 떨어졌다.

거리는 대충 오 리 정도.

씹던 육포를 삼킨 그는 사람들을 둘러보았다.

아무도 보지 못한 듯, 모두가 편한 자세로 눕거나 앉아서 육포를 씹으며 이런저런 이야기를 나누고 있었다.

"왜 그러십니까, 대형?"

초강이 먼저 그의 이상한 태도를 보고 물었다.

이야기를 나누고 있던 이정한과 동호량도 말을 멈추고 그를 향해 고개를 돌렸다.

이미 솟구쳤던 붉은 유성은 보이지 않는 상태.

북궁천은 상우군이 있는 곳을 향해 물었다.

"혹시 귀하들의 뒤를 따라오는 자가 있지 않소?"

그저 단순한 질문에 불과했다. 그런데 상우군 일행은 과민하게 반응했다.

위조현이 급히 몸을 세우더니 굳은 표정으로 물었다.

"무슨 말인가?"

북궁천이 손을 들어 북쪽을 가리켰다.

"조금 전, 저쪽에서 불화살이 하나 솟구쳤소. 거리는 대충 오 리 정도 될 것 같소만."

이번에는 상우군과 그의 일행들이 모두 일어나서 북궁천이 가리킨 곳을 바라보았다.

"그게 사실인가?"

위조현이 다시 물었다. 북궁천은 고개만 끄덕였다.

그 때 상우군이 굳은 표정으로 명을 내렸다.

"불을 꺼라. 바로 출발할 것이니 짐을 챙기도록."

백풍문 사람들은 급히 흙을 불에 끼얹고, 바닥에 깔았던 천을 거두었다.

태극문의 제자들은 어리둥절했지만 뭔가 사정이 있음을 알고 그들을 따라서 움직였다.

북궁천은 천을 접어 봇짐 속에 넣으며 상우군에게 물었다.

"무슨 일인지 말해 주면 좋겠소. 그래야 일이 터지면 적절히 대처할 수 있지 않겠소?"

대충 불길을 정리한 이정한 등도 상우군을 바라보았다.

상우군의 눈빛이 찰나간 흔들렸다. 하지만 그는 곧 냉정을 되찾고 입을 열었다.

"가면서 말해 주지. 지금은 이곳을 떠나는 게 급하니까."

상우군이 입을 연 것은 계곡을 빠져나온 후였다.

"우리가 문주님의 명으로 태원에 가는 것은 용천보에 한 가지 물건을 전하기 위함이네."

태원 제일, 산서오호(山西五虎) 중 하나인 용천보는 백풍문과 불가분의 관계였다. 백풍문주 고정명이 용천보주의 사위인 것이다.

"문주님께서 운강석굴에 가셨다가 기물을 하나 얻으셨는데, 귀도맹이 어떻게 알았는지 그것을 욕심내고 있는 상황이지. 문주님께선 그들의 의도가 수상하다며 그 물건을 용천보에 맡기기로 하셨네."

언뜻 들으면 단순한 일에 불과했다. 그러나 상대가 귀도맹이면 이야기가 달라졌다.

그들 역시 산서오호 중 하나. 백풍문으로선 상대하기에 큰 부담이 되는 자들이었다.

"놈들이 문주님의 뜻을 알면 가만있지 않을 거라는 건 알았지만, 설마 이렇게 빨리 따라올 줄은 몰랐군."

북궁천은 용천보라는 말이 나온 순간부터 눈빛이 깊게 가라앉았다.

헌원려려가 마지막으로 머무른 곳. 그곳이 바로 용천보인 것이다.

"그 기물이 뭔지 알아도 되겠소?"

"자세한 것은 말해 줄 수 없네. 그 점은 자네들도 이해해 주게."

그 때였다.

삐이이익!

휘파람 소리가 나는가 싶더니 북쪽에서 다시 불화살이 솟구쳤다.

모닥불을 피웠던 곳. 귀도맹의 추적자들이 그곳에 도착한 듯했다.

상우군은 입을 다물고 걸음을 더 빨리했다.

백풍문의 무사들과 태극문의 제자들도 굳은 표정으로 걸음을 재촉했다.

*　　*　　*

불이 꺼진 모닥불 주위로 흑의인 십여 명이 까마귀 떼처럼 몰려들었다.

그들 중 삼십 대의 장한 하나가 나무 꼬챙이로 흙을 뒤적이더니 고개를 들고 말했다.

"아직 속에 불씨가 남은 걸 보니 조금 전에 떠났습니다."

"훗, 뛰어 봐야 벼룩이지."

툭 튀어나온 광대뼈가 달빛으로 인해 더욱 도드라져 보이는 중년인이 코웃음 치며 말했다.

나무 꼬챙이를 들고 있던 자는 또 다른 모닥불 주위의 흔적을 돌아보고 눈빛을 싸늘하게 반짝였다.

"모닥불이 두 개. 상대는 모두 열 명 정도 됩니다. 객잔에서 만났다는 젊은 놈들이 동행하고 있는 것 같습니다."

광대뼈가 튀어나온 중년인이 비릿한 조소를 지었다.

"여섯이나 열이나, 길 가다 합류한 놈들이 별것 있겠나?"

"하긴…… 곧 애들이 모두 모일 것입니다. 어떻게 하시겠습니까, 대주?"

"모래를 씹으며 여기까지 쫓아왔는데 적혈대에게 공을 넘겨줄 순 없지. 조곡, 하나만 남기고 나머지는 모두 저들을 쫓는다."

"알겠습니다."

조곡이라 불린 장한은 나무 꼬챙이를 던지고 뒤쪽에 서 있는 자 중 한 사람에게 명을 내렸다.

"너는 이곳에서 기다리다가 사람들이 모이면 뒤따라와라. 그리고 다른 사람은 즉시 놈들을 쫓는다. 출발해!"

*　　*　　*

백풍문 사람들과 태극문 제자들은 쉬지 않고 삼십 리를

이동했다.

선두에 서서 빠르게 걷던 상우군은 이정한 등이 뒤처지지 않고 따라오자 의외라는 표정을 지었다.

별 볼 일 없는 삼류 문파의 제자로 알고 있었다. 팔 개월 전에 만났을 때도 그저 그런 무사들에 불과했다. 성실하고 생각이 바른 것 같아서 좋게 본 것일 뿐.

그런데 그때와 많이 달라진 듯 보였다.

'저 정도 신법이면 생각보다 더 큰 도움이 되겠는걸?'

한편, 북궁천은 맨 뒤에서 그들을 따라가며 뒤쪽의 상황에 감각을 집중했다.

추적해 오는 자들과의 거리가 빠르게 줄어들고 있었다.

밤이어서 추적하기가 쉽지 않을 텐데도 거리를 좁히고 있다는 것은 저들 중 추적의 전문가가 있다는 말이었다.

이제는 살기가 느껴질 정도로 가까워진 상태. 그 느낌이 어찌나 선명한지 거친 숨소리마저 들리는 듯했다.

'열댓 명쯤 되는군.'

그들의 뒤로도 적지 않은 인원이 따라오는 것 같은데, 특별하게 강한 기운이 느껴지지는 않았다.

하지만 그것은 그의 기준으로 봤을 때의 이야기였다.

백풍문의 무사들이나 태극문의 제자들에게는 위협이 되고도 남았다.

상우군도 적이 추적해 오고 있다는 사실을 어렴풋이 느끼고는 바짝 긴장했다.

'빌어먹을. 귀응(鬼鷹)이 나섰나?'

귀응 조곡은 귀도맹 추혈대의 부대주로 추적 전문가였다.

그가 나섰다면 밤이라 해도 저들을 따돌리기가 쉽지 않을 터, 뭔가 다른 방법을 강구해야만 했다.

그런데 오 리쯤 더 달렸을 때, 도끼를 내리쳐 쪼개 놓은 것처럼 쩍 벌어진 협곡이 나왔다.

협곡은 폭이 사오 장 정도, 높이는 십여 장, 길이는 삼사십 장가량 되었다.

적은 수로 많은 적을 막기에 적당한 지형.

협곡의 중간쯤을 통과하던 상우군은 이를 지그시 악물고 위조현을 바라보았다.

"조현, 네가 두 사람을 데리고 태극문 사람들과 남아서 저들의 발걸음을 지체시켜라. 정면 대결은 될 수 있는 한 피하고 시간만 끈 후 바로 도망쳐. 정 안 되겠으면 흩어지도록 하고. 놈들의 목적은 나이니 너희들을 끝까지 쫓지는 않을 거다."

"알겠습니다, 당주."

위조현은 무겁게 고개를 끄덕이고 발걸음을 늦췄다.

이정한 등도 상우군의 말을 들었기에 위조현의 움직임에 맞추어서 속도를 늦췄다.

그사이 상우군은 자신의 좌우 호위와 함께 앞으로 달려가며 남은 사람들과 거리를 벌였다.

위조현은 칼을 빼 들고 짧게 주의를 주었다.

"적당히 싸우다가 내가 소리치면 전력을 다해서 빠져나간다."

이정한 등은 바짝 긴장한 채 검을 빼 들었다.

생각했던 것보다 훨씬 위험한 상황. 여차하면 이곳에서 뼈를 묻을지도 모른다.

'제기랄, 하필 귀도맹의 일에 끼어들다니.'

이정한은 이를 악물고 사제들을 돌아다보았다.

"방어에 중점을 둬라. 부당주님의 명이 떨어지면 앞뒤 가리지 말고 바로 튀어. 알았지?"

동호량과 초강은 무거운 표정으로 고개를 끄덕이고는 자신도 모르게 북궁천을 바라보았다.

담담한 표정. 귀도맹의 추적대쯤은 안중에도 없다는 듯 고요한 눈빛.

그를 보니 마음이 조금이나마 안정되었다.

이정한도 숨을 깊게 들이쉬고 두 사제를 안심시켰다.

"우리도 전과 많이 달라졌잖아? 겁먹지 말고 싸워라. 알았지?"

"예, 사형."

그들은 북궁천이 무슨 생각을 하고 있는지 꿈에도 몰랐

다.

　‘어떻게 할까? 다 죽이면 이상하게 생각할 텐데. 려려가 말한 대협이 되려면 살인을 너무 많이 해도 안 될 것이고…….’

　게다가 너무 강한 무위를 드러내면 북천궁의 촉수에 걸릴지 모른다.

　‘귀찮긴 해도 쫓아오지 못하게만 하면…….’

　북궁천이 그 나름대로의 고민을 하고 있을 때였다. 위조현이 나직이 소리쳤다.

　“놈들이 온다!”

　어둠을 뚫고 나타난 자들은 모두 열다섯이었다.

　그중 선두는 귀응 조곡. 그리고 추혈대의 정예 무사들과 추혈대주 노종문이 그의 뒤를 바짝 따라오고 있었다.

　그들은 좁은 협곡을 막고 서 있는 일곱 사람을 보고 속도를 늦추었다.

　위조현은 그들의 정체를 확실히 알아보고 잇새로 씹어뱉듯이 말했다.

　“노 대주! 뭐 먹을 게 있다고 여기까지 쫓아온 거요?”

　노종문은 조곡의 앞으로 나서며 조소를 지었다.

　“고 문주가 순순히 맹주님의 뜻을 받들었다면 쫓아올 이유가 없었겠지. 그런데 상우군은 안 보이는군. 먼저 도망쳤나?"

일단 말을 붙여서 상대의 발걸음을 붙잡는 것은 성공했다. 이제 얼마나 시간을 끄느냐 하는 것이 관건일 뿐.

"당주께선 백 리쯤 가셨을 거요. 그러니 추적을 포기하고 돌아가시오."

그런데 조곡이 뻐드렁니를 드러내며 씩 웃었다.

"이 조곡을 바보 취급하는군. 어떻게든 시간을 끌어 보려는 모양인데, 헛수고하지 마라, 위조현."

위조현은 칼을 움켜쥐고 눈을 부라렸다.

"정말 본 문을 적으로 돌리겠다는 거요?"

"훗, 못 할 것도 없지. 백풍문 따위가 감히 본 맹의 적수가 될 거라고 보느냐?"

"그러면 귀도맹도 좋을 게 없을 텐데? 설마 본 문과 용천보의 사이를 모르진 않겠지요?"

위조현이 용천보까지 들먹이며 협박조로 말하자, 노종문은 입술을 비틀며 냉랭히 명을 내렸다.

"말이 많군. 놈들의 목을 떼어 내라! 목이 떨어져도 떠들 수 있는지 한번 봐야겠다!"

순간, 귀도맹의 무사들이 몸을 날렸다.

위조현은 칼을 휘둘러서 그들의 접근을 막으며 소리쳤다.

"우리를 죽이기 전에는 갈 수 없다!"

도영당의 두 무사와 이정한 등도 이를 악물고 전력을 다

해서 상대의 접근을 막았다.

차차창! 채챙! 따다당!

병장기가 부딪치며 귀청을 찢는 날카로운 소리가 협곡을 울렸다.

달빛이 밝다 하나 시야에 제한을 받을 수밖에 없다.

한 수만 삐끗해도 목이 달아날 상황.

아니나 다를까, 양쪽의 무사들이 뒤엉키자마자 비명과 신음이 터져 나왔다.

"크억!"

"이 개자식들이!"

"크으으윽."

북궁천은 검을 쓰면서도 굳이 베거나 찌르지 않았다.

검면으로 쳐서 팔다리를 부러뜨리고, 주먹으로 진기를 격탕시켰다.

뭐가 어떻게 된 것인지 파악할 새도 없이 세 사람을 쓰러뜨린 그는 다시 두 사람의 앞을 막았다.

그 덕분에 다른 사람들이 편해졌다.

바짝 긴장해 있던 위조현도 안도하는 표정으로 적을 상대했다.

예상외로 태극문의 제자들이 잘 싸워 주고 있었다.

특히 단화린이라고 했던 자는 가볍게 대응하는 것 같은데도 싸움이 시작되자마자 세 명을 쓰러뜨리고 또 다른 상대를 막고 있었다.

잘하면 자신들이 이길 수 있지 않을까 하는 생각이 들 정도.

그러나 노종문과 조곡이 아직 싸움에 가담하지 않았고, 어둠 저편에서 또 다른 자들이 몰려오고 있었다.

"물러나면서 놈들을 막아라! 뚫리면 안 된다!"

한소리 내지른 그는 방어에 치중하면서 노종문과 조곡의 움직임을 주시했다.

한편, 노종문과 조곡은 짜증이 났다.

저따위 놈들에게 막혀서 꼼짝을 못 하다니!

키 큰 놈의 손짓에 힘도 못 써 보고 팩팩 쓰러지는 저놈들은 또 뭐란 말인가!

참지 못한 노종문이 먼저 노성을 내지르며 신형을 날렸다.

"쥐새끼 같은 놈들이 꽤나 끈질기구나!"

조곡도 한 발 차이로 몸을 날리며 독사 같은 눈빛을 번뜩였다.

단숨에 사 장을 날아간 그들은 태극문의 제자들을 덮쳤다.

북궁천은 도와줄 수 있음에도 그냥 놔두었다.

노종문과 조곡이 상대적으로 강해 보여도 태극문 제자들 역시 단숨에 당할 정도로 약하지 않았다.

열흘간 자신과 비무를 벌이며 매일 혼쭐이 나지 않았던가. 덕분에 저들의 눈에는 달려드는 자들이 대단해 보이지 않을 터. 이 기회에 한 번쯤 강적과 부딪쳐 보는 것도 괜찮을 듯싶었다.

대신 그는 다른 자들이 끼어들지 못하도록 둘을 더 쓰러뜨려서 혹시 모를 위험요소를 제거했다.

북궁천의 생각대로 이정한과 동호량은 겁먹지 않고 검을 휘둘렀다.

쩌저저정!

병장기 부딪치는 소리가 귀청을 찢을 듯이 울렸다.

연속 삼초의 공격을 맞받은 이정한과 동호량은 주르륵 서너 걸음을 물러나서 중심을 바로잡았다.

두 사람의 실력이 늘었다 해도 아직 내공에서 차이가 컸다.

그들은 온몸으로 전해지는 저릿한 충격에 이를 악물었다.

하지만 충격을 받았음에도 표정은 밝았다. 전 같으면 일초도 막기 힘든 고수들의 공격을 삼초나 막아 내고도 무사한 것이다.

오히려 표정이 일그러진 것은 노종문과 조곡이었다.

이름도 없는 애송이들을 단칼에 쓰러뜨리지 못하다니. 수하들 앞에서 이 무슨 창피란 말인가!

자존심이 상한 그들은 전 공력을 끌어 올리고 이정한과 동호량을 공격했다.

이번에는 단칼에 목을 치리라!

쩌정!

가까스로 적의 공격을 막은 이정한과 동호량이 다시 두어 걸음 물러났다.

북궁천은 거기까지가 두 사람의 한계라 생각하고 미끄러지듯 이 장을 이동했다.

쉬익!

이정한과 노종문 사이로 끼어든 그는 묵혼을 뻗어서 노종문의 공격 동선을 잘라 냈다.

“헛!”

기겁한 노종문은 급히 몸을 틀어서 북궁천의 공세를 피하고는, 칼을 번개처럼 휘둘러서 상대의 연속된 공격을 미연에 방지했다.

그사이 북궁천의 검은 조곡을 노리고 뻗어 갔다.

변화도 없는 단순한 일검.

그러나 소리도 없고 기척도 없는 번개 같은 공격에 조곡은 모골이 송연해졌다.

섬뜩한 기분이 든 그는 몸을 눕히다시피 젖히고는 땅을 박차고 일 장이나 뒤로 물러났다.

북궁천은 두 사람이 물러나자 짧게 소리쳤다.

“부당주, 그만 후퇴하시오!”

노종문과 조곡마저 합세하고 적의 후속대가 이십여 장 거리까지 접근한 상황.

“모두 후퇴해!”

일갈을 내지른 위조현은 몸을 뒤로 뺐다.

태극문의 제자들과 도영당 무사도 그를 따라서 뒤로 빠르게 물러났다.

하지만 일행이 물러서는데도 북궁천은 노종문과 조곡의 앞을 막고 오연히 서서 움직이지 않았다.

“대형도 물러나십시오!”

물러서던 초강이 멈칫하며 북궁천을 향해 소리쳤다.

북궁천은 노종문과 조곡에게 시선을 둔 채 무심한 어조로 말했다.

“내 걱정 말고 먼저 가. 적당한 때에 따라갈 테니까. 어서!”

노종문과 조곡이 막히면서 귀도맹 무사들도 멈칫한 상태.

이정한이 초강을 재촉했다.

“대형 실력 알잖아? 우리가 있으면 방해만 되니 먼저 가자!”

동호량과 초강은 북궁천을 바라보았다.

검을 사선으로 쭉 뻗은 채 오롯이 서 있는 그의 등이 협곡을 꽉 막은 것처럼 넓게 보였다.

"그럼 먼저 가겠습니다, 바로 뒤따라오십시오!"

동호량이 일그러진 얼굴로 소리치고 뒤로 빠졌다. 초강도 이를 악물고 두 사형을 따라갔다.

"어딜 도망가려고! 놈들을 잡아!"

자존심이 상한 노종문은 악을 쓰듯이 외쳤다.

그러자 귀도맹 무사들 중 둘이 반사적으로 튀어 나가며 북궁천을 공격했다.

달빛을 받은 칼날이 새파란 살기를 흘리며 북궁천을 향해 떨어졌다.

찰나, 묵혼이 사선으로 솟구치며 어둠을 길게 갈랐다.

떠덩! 퍼벅!

귀도맹 무사들의 손에 들린 칼이 허공으로 날아가고, 몽둥이로 이불 두드리는 소리가 났다.

동시에 북궁천을 공격하던 두 사람이 달려들던 것보다 더 빠르게 튕겨나가 땅바닥에 처박혔다.

뒤따라 달려들려던 귀도맹 무사들은 벼락이라도 맞은 듯 멈춰 섰다.

그리고 갑자기 적막감이 감돌았다.

추혈대원들은 고르고 고른 정예 무사들이다. 그런 추혈대원 둘을 손짓 한 번에 날려 버리다니.

등골이 서늘해진 노종문은 북궁천을 노려보았다.

“네놈은 누구냐?”

북궁천은 친절하게 이름을 알려 주었다.

“단화린. 덤비면 삶이 고달파질 것이다. 병신 되기 싫으면 봐줄 때 돌아가라.”

도도한 표정. 상대할 가치도 없다는 말투.

노종문은 치를 떨었다.

“어디서 이런 미친놈이……!”

북궁천은 발끈하는 노종문을 보고 피식, 웃음이 나왔다.

“운이 좋군. 려려만 아니었으면 그 말을 한 것만으로도 목이 달아났을 텐데 말이야.”

그 때 귀도맹의 후속대가 도착했다.

노종문은 인원이 배로 늘어나자 살기를 번뜩였다.

“저놈을 포위해!”

촤아악.

귀도맹 무사들은 어둠 속의 박쥐 떼처럼 몸을 날리며 북궁천을 둘러쌌다.

북궁천은 무심하게 가라앉은 눈으로 그들을 둘러보며 혼잣말처럼 중얼거렸다.

“어쩔 수 없지. 귀도맹까지 기어가려면 힘들겠지만 그대들이 원한 일이니…….”

노종문에게 시선을 고정시킨 그는 묵혼을 천천히 들어 올렸다.

"그래도 죽이지 않는 걸 다행으로 알도록."

"미친놈!"

"시작해 볼까?"

"놈을 죽여라!"

노종문이 악을 쓰며 공격 명령을 내렸다.

귀도맹 무사 중 나중에 합류한 자 셋이 먼저 멋모르고 달려들었다.

그리고 얼마 지나지 않아 노종문과 귀도맹 무사들은 검이라는 것이 찌르거나 베는 것뿐만 아니라 두들겨 패는 용도로도 쓰인다는 사실을 새롭게 깨달았다.

검면으로 두들겨 맞는 것이 베이거나 찔리는 것보다 더 고통스럽다는 사실도.

노종문은 팔과 다리가 하나씩 부러진 후에야 공포에 질린 표정으로 미친 듯이 소리쳤다.

"크으으윽. 도, 도망가라!"

第十六章
흑옥불상 黑玉佛像

초강은 오 리가량 떨어진 곳, 바위 뒤에서 북궁천을 기다렸다.

북궁천은 태원이 초행인 만큼 너무 멀리 떨어지면 찾지 못할 수도 있었다.

하기에 이정한과 동호량, 그리고 그가 오 리 간격으로 늘어서서 기다리기로 한 터였다.

그로부터 반 각 후. 그가 초조한 표정으로 북쪽을 바라보고 있는데, 어둠 속에서 누군가가 다가오는 것이 보였다.

한 사람. 걷는 것 같은데도 달려오는 것만큼이나 빨랐다.

초강은 눈 한 번 깜박이지 않고 그를 주시했다. 그리고

거리가 가까워지자 다가오는 사람이 북궁천임을 알고 반색
하며 뛰어나갔다.

"대형!"

북궁천은 담담히 웃으며 말했다.

"다행히 길을 잘못 들지는 않았군."

"무사하셨군요."

"몇 놈 때려눕혔더니 더 이상 달려들지 못하고 눈치만 보
더군. 그래서 나도 그만 싸우고 물러났지. 다른 사람들은?"

"대사형과 이사형이 오 리 간격으로 기다리고 있을 겁니
다."

북궁천은 초강이 질문을 더 던지기 전에 걸음을 서둘렀
다.

"걱정하고 있을지 모르니 그만 가세."

동호량과 이정한은 오 리도 떨어지지 않은 곳에서 북궁천
을 기다리고 있었다.

그들 역시 북궁천이 무사히 돌아오자 환한 표정으로 맞
이했다.

"내가 뭐랬어? 그놈들에게 당할 분이 아니라고 했잖아.
나는 노종문과 조곡이 형편없이 물러설 때부터 알아봤다니
까?"

이정한은 사제들을 데리고 물러난 게 무안한지 입에 침을

튀겨가며 북궁천을 추켜세웠다.

북궁천은 빙그레 웃으며 말했다.

"자네들도 무사해서 다행이네. 태극당에서의 수련이 헛되지는 않은 것 같아."

동호량이 머리를 긁적이며 머쓱한 표정을 지었다.

"솔직히 말해서, 우리가 귀도맹의 추혈대 정예에게 밀리지 않았다는 게 아직도 믿기지 않습니다."

"흐흐, 나는 노종문과 싸워 보기까지 했잖아. 조금만 더 노력하면 그 작자와 한번 붙어 봐도 되겠던데?"

이정한은 추혈대주 노종문과 일수를 겨뤄 본 흥분이 아직도 가시지 않은 듯 당장 달려가서 붙어 볼 것처럼 말했다.

북궁천은 피식 웃으며 화제를 돌렸다.

"그보다, 백풍문 사람들은 어디서 기다리기로 했나?"

셋 중 그들과 가장 늦게 헤어진 이정한이 대답했다.

"원평에서 만나기로 했수."

＊　　　＊　　　＊

북궁천이 이상함을 느낀 것은 이십 리 정도 이동한 후였다.

황량한 관도에 한 사람이 죽어 있었는데, 다름 아닌 백풍문의 무사였던 것이다.

여기저기 흩뿌려진 핏방울. 근 십여 장 안쪽에 어지럽게 찍힌 수많은 발자국.

아무래도 이곳에서 격렬한 싸움이 벌어진 것 같다.

북궁천은 가늘게 뜬 눈으로 남쪽을 바라보며 나직이 말했다.

"아무래도 또 다른 자들이 있었던 것 같군."

초강이 그의 말뜻을 바로 눈치채고 물었다.

"또 다른 자들이라면, 귀도맹 말씀입니까?"

"그들일 수도 있고, 아닐 수도 있겠지. 일단은 쫓아가면서 생각해 보세."

오 리 만에 또 여섯 구의 시신을 발견했다.

그중 두 구는 백풍문의 무사였고, 넷은 알 수 없는 자들이었다. 그런데 넷의 복장과 무기를 봐서 아무래도 귀도맹의 무사들 같았다.

추혈대는 쫓아올 리가 없으니, 또 다른 추적대가 있다는 뜻.

북궁천은 더욱 걸음을 빨리했다.

이정한 등은 뒤처지지 않기 위해서 전력을 다해 달렸다.

그렇게 십 리쯤 달렸을 때였다. 저 멀리 어둠 속에서 병장기 부딪치는 날카로운 소리가 밤하늘을 울렸다.

"나 먼저 갈 테니 뒤따라오게."

북궁천은 이정한 등에게 말하고 튕겨 나가듯이 앞으로 나아갔다.

전력을 다해서 따라가던 이정한 등은 그가 순식간에 사라지는 걸 보고 힘이 쭉 빠졌다.

이번 일을 겪고 나서 어느 정도 알 것 같다고 생각했는데, 알기는커녕 오히려 더 깊은 안개 속에 빠진 기분이었다.

북궁천은 단숨에 이백여 장을 달려갔다.

싸우는 소리가 점점 선명하게 들렸다.

상우군 일행의 상황이 좋지 않은 듯 처음 듣는 목소리의 주인이 그들을 놀리고 있었다.

"후후후, 상우군. 물건을 내놓으면 목숨을 살려 준다는데도 고집이 세구나."

"개소리 집어치워라, 백숭!"

가래 끓듯이 거칠게 터져 나오는 상우군의 목소리에서 그의 상태가 여실히 드러난다.

그들이 싸우고 있는 곳은 언덕 너머 아래쪽.

북궁천은 언덕을 넘자마자 곧장 아래쪽으로 내려갔다.

상우군과 위조현이 칠팔 명에게 포위되어 있고, 그들 옆에 쓰러져 있는 두 사람은 죽었는지 움직임이 없었다.

자신의 힘을 숨기기에는 너무 급박한 상황. 그는 땅을 박차고 신형을 날렸다.

그 때였다.

"죽는 게 소원이라면 어쩔 수 없지. 공격해!"

포위한 자들 중 하나가 음침한 목소리로 말하며 명령을 내렸다.

검을 빼 든 북궁천은 그들이 있는 곳을 향해 쏜살같이 나아가면서 일단 상대의 행동부터 중지시켰다.

"잠깐! 나 먼저 볼까?"

다행히 그의 의도는 빗나가지 않았다.

적혈대주 백숭은 갑자기 뒤에서 목소리가 들리자 홱 고개를 돌렸다.

"웬 놈이냐?"

다른 자들도 멈칫했다.

북궁천은 그사이 상우군과 위조현을 공격하는 자들 속으로 파고들었다.

찰나간, 묵혼이 어둠을 가르고 좌수에선 북두패왕권이 작렬했다.

상우군과 위조현이 백척간두에 처한 상황. 추혈대를 상대할 때와는 달리 손에 사정을 두지 않았다.

서걱, 쾅!

한 사람은 그 자리에서 무너지고, 한 사람은 일 장 밖으로 나가 떨어졌다.

그들 옆에 있던 무사 둘이 새로 나타난 적을 향해 본능적으로 달려들었다.

"이 죽일 놈이……!"

북궁천은 한 점의 망설임도 없이 묵혼을 휘둘렀다.

따당!

묵혼은 상대의 칼날을 부러뜨리고 가슴마저 갈라 버렸다.

"끄억!"

비명을 토하며 비틀거리는 자의 쩍 갈라진 가슴에서 핏줄기가 솟구쳤다.

와직!

또 다른 자는 갈비뼈 으스러지는 소리와 함께 가슴이 함몰되어서 떼굴떼굴 굴러갔다.

백숭은 눈을 치켜뜨고 신형을 날렸다.

"이노오오옴!"

대갈일성을 내지른 그는 일 장 허공에서 북궁천의 등을 향해 도를 내리쳤다.

어둠 속에 오연히 서 있던 북궁천이 고개를 돌린다 싶은 순간, 한 줄기 묵빛 번개가 백숭의 도를 후려쳤다.

콰앙!

가공할 경력이 도를 후려치자, 백숭의 몸뚱이가 옆으로 날아갔다.

그는 땅에 내려선 후로도 다섯 걸음을 더 물러나서 겨우 중심을 잡았다.

해쓱한 표정으로 북궁천을 바라보는 그의 눈빛이 파르르 떨렸다.

그사이 북궁천은 멈칫한 귀도맹 무사들을 향해 몸을 날렸다.

직후 뇌전이 뻗어 나가며 어둠을 갈랐다.

"크억!"

"흐읍!"

귀도맹 무사 셋 중 둘이 비명을 내지르며 꼬꾸라지고, 하나는 운 좋게 뇌전을 막았지만 손아귀가 찢어지며 칼을 놓치고 정신없이 뒤로 물러났다.

그 때 백숭이 칼을 움켜쥐고 상우군과 위조현 쪽으로 접근했다.

백숭의 움직임을 눈치챈 북궁천은 허공에서 빙글빙글 돌며 떨어지는 귀도맹 무사의 칼을 묵혼으로 휘감아서 뒤쪽으로 날렸다.

쒜에엑!

공력이 실린 칼은 소름끼치는 기음을 발하며 어둠을 갈랐다.

백숭은 반사적으로 몸을 뒤로 젖히며 칼을 휘둘렀다.

쩡!

날아들던 칼이 허공으로 솟구쳤다. 동시에 북궁천이 백숭을 향해 몸을 날렸다.

기겁한 백숭은 튕기듯이 뒤로 몸을 날려서 거리를 벌렸다.

북궁천은 그를 쫓지 않고 상우군과 위조현 곁에 내려섰다.

두 사람은 온몸이 피로 물들고, 어둠 속에서도 창백하게 느껴질 만큼 안색이 좋지 않았다. 몸이 잘게 떨리는 걸로 봐서는 그대로 놔두어도 잠시 후면 쓰러질 것 같았다.

'그야말로 숨 한 번 쉴 시간만 늦었어도 죽었겠군.'

내심 다행으로 여긴 그는 백숭을 바라보았다.

그 때 멀찌감치 물러서 있던 백숭이 눈을 부릅뜨고 소리쳤다.

"네놈은 누구냐? 보아하니 백풍문의 무사는 아닌 것 같은데, 왜 상우군을 돕는 것이냐?"

"왜 돕냐고? 그야 당연히 이유가 있지. 나는 저 사람들과 보표 계약을 했어. 그런데 저 사람들이 죽으면 내 평생 처음으로 버는 돈이 날아가 버리지."

백숭의 표정이 일그러졌다.

그럼 적혈대가 보표 하나에게 무너졌단 말인가?

"돈은 내가 주마! 저들이 주기로 한 것보다 몇 배 더 줄 테니 상우군을 우리에게 넘겨라. 아니, 상우군의 품속에 든 물건만 넘겨라."

"남자는 한번 한 약속을 어기는 법이 아니라는 걸 모르나 보군. 지금부터 셋을 셀 테니 그 안에 떠나라. 그럼 목숨은 건질 수 있을 거다."

북궁천은 백숭의 표정이 일그러지든 말든, 손을 들어 올리고 손가락을 하나씩 꺾었다.

셋을 셀 시간이면 태극문 제자들이 도착할 터. 그들에게 상우군과 위조현을 맡겨 놓고 상황을 정리할 생각이었다.

그전에 상대가 물러가면 그만큼 편할 것이고.

"하나…… 둘……."

아니나 다를까, 셋을 세기도 전에 이정한이 언덕 위로 올라와서 소리쳤다.

"대형! 괜찮습니까?"

북궁천이 손을 내렸다.

"아우들이 왔으니 셋은 셀 필요도 없겠군."

'헉!'

화들짝 놀란 백숭은 자존심도 내팽개치고 뒤로 몸을 날렸다. 손아귀가 찢어진 무사도 기다렸다는 듯 그를 따라서 도주했다.

북궁천은 그들이 어둠 속으로 사라지자 상우군과 위조현을 돌아다보았다.

상우군과 위조현은 긴장이 풀리자 더 버티지 못하고 그 자리에 주저앉았다.

상우군의 부상은 겉보기보다 더 심했다. 칼날이 옆구리를 스치면서 갈비뼈까지 끊어 버린 것이다.

그리고 위조현은 그보다 더 심한 상태여서 어깨와 옆구리 등 서너 군데에 깊은 상처를 입고 있었는데, 호흡하는 것마저 힘들어했다.

북궁천이 혈을 눌러 지혈을 해 놓자, 이정한과 초강이 보따리 속의 천을 찢어서 두 사람의 상처를 싸맸다.

한 번도 다른 사람의 상처를 치료해 본 적이 없는 북궁천은, 그들이 금창약을 뿌리고 상처를 꼼꼼하게 싸매는 것을 빤히 바라보았다.

경험이 많은지 이정한은 깔끔하게 매듭을 지어서 움직임을 편하게 했다.

그렇게 치료가 대충 끝나자 북궁천이 상우군에게 물었다.

"그자들도 귀도맹의 사람들이었소?"

상우군은 미미하게 고개를 끄덕이며 대답했다.

"그렇다네. 적혈대였지."

"추혈대에 이어 적혈대까지 쫓아오다니, 용천보로 보내는 물건이 뭔지 더 궁금해지는군요."

상우군은 북궁천을 올려다보았다.

"나는 자네의 정체가 더 궁금하네."

북궁천은 어깨를 으쓱하며 담담히 말했다.

"단화린이라 했잖소. 강호초출의 애송이."

그 말에 누워 있던 위조현의 몸이 잘게 떨렸다.

　　　　＊　　　＊　　　＊

　북궁천과 태극문 제자들이 상우군과 위조현을 교대로 업고 원평까지 이동했다.

　새벽녘, 원평에 도착한 그들은 객잔문을 부수다시피 두들겨서 점소이를 깨웠다. 그리고 방을 잡은 다음 두 사람을 눕혔다.

　"쉬고 있으시오. 나가서 의원을 데려올 테니까."

　북궁천이 그렇게 말하고 방을 나가려는데 상우군이 머뭇거리며 붙잡았다.

　"잠깐…… 기다려 보게."

　"왜 그러시오?"

　상우군은 한숨을 깊게 내쉬더니 어쩔 수 없다는 표정으로 입을 열었다.

　"부탁 하나만 들어주게."

　"부탁이라…… 계약을 추가하자는 말로 이해해도 되겠소?"

　북궁천은 제법 능숙하게 부탁을 계약으로 돌렸다.

　상우군도 차라리 그게 편했다. 책임 소재를 가리기에는 계약이 나았다. 부탁은 잊거나 빼앗겼을 경우 책임을 묻기가 곤란하니까.

　"그것도 괜찮겠군."

“어디 무슨 일인지 먼저 말해 보시오. 어떤 일인 줄 알아야 수당을 책정할 수 있지 않겠소?”

“우리 대신 물건을 용천보에 전해 주게.”

태원까지 남은 길은 육백 리. 그런데 자신은 걷기도 힘든 판이었다. 위조현은 혼자서 일어날 수도 없는 몸이고.

추혈대가 올 수 없게 되었다는 걸 모르는 그로선 믿을 수 있는 사람에게 물건의 운송을 맡기는 것이 최선의 선택이었다.

다행히 그가 본 태극문의 제자들은 신의가 있었고, 단화린이란 자는 적혈대주 백숭을 능가하는 고수였다.

북궁천으로선 마다할 이유가 없었다. 그러잖아도 용천보에 볼일이 있는 그였다.

결정을 내린 그는 곧장 본론으로 들어갔다.

“얼마 줄 거요?”

“이전 것과 합쳐서 은자 백 냥을 주겠네.”

태극문 제자들의 눈이 휘둥그레졌다.

일인당 은자 스물다섯 냥. 설령 북궁천이 반인 오십 냥을 가져가도 자신들에게 오십 냥이 떨어진다.

그 돈을 벌려면 적어도 다섯 번의 보표 일을 해야 했다. 기간으로 따지면 두 달에서 석 달 정도. 그런데 태원까지 이삼 일 거리이니 별일 없이 마무리되면 횡재나 다름없었다.

북궁천은 그들의 반응을 보고 상우군의 청을 승낙했다.

"좋소. 그럼 이제 물건이 뭔지 말해 보시오. 운송을 하려면 내용물을 알아야 하지 않겠소?"

상우군은 품속에서 사각진 물건이 담긴 작은 보따리를 꺼냈다.

크기는 손바닥만 했고, 두께는 한 치 다섯 푼가량 되었다.

상우군은 그 보따리를 북궁천에게 넘겨주고는, 씁쓸한 표정으로 안에 든 물건에 대해 말했다.

"그 안에는 세 개의 흑옥불상(黑玉佛像)이 들어 있네."

"흑옥불상? 어떤 불상인데 귀도맹주가 악착같이 뺏으려 하는 거요?"

"운강석굴에서 발견되었다는 것만 알 뿐, 나도 그 이상은 모르네. 그자가 욕심을 낼 때는 우리가 모르는 어떤 이유가 있겠지. 그리고 그 물건은 반드시 보주님께 직접 전하게. 보따리 안에 문주님의 서찰이 들어 있으니 그걸 보여 주면 보주님을 만날 수 있을 거네."

표정을 보니 정말 모르는 것 같다.

북궁천은 그에 대해서 더 묻지 않고, 받아 든 보따리를 품속에 넣었다.

그리고 돌아서려다가 고개를 틀고서 상우군을 바라보았다.

"뭐 하나 물어봐도 되겠소?"

“물어보게.”

“오늘 같은 경우 말이오. 강호에서 대협이라 불리는 사람들이라면 어떻게 했을 거라 보시오? 그들도 나처럼 손에 사정을 두지 않고 사람을 죽였을 것 같소?”

뜬금없는 질문.

상우군은 물론 태극문의 세 제자도 의아한 표정으로 북궁천을 바라보았다.

이 마당에 왜 그런 쓸데없는 질문을 하는 걸까? 심각한 표정으로 봐선 장난으로 한 것 같지도 않은데.

상우군은 창백한 얼굴을 찌푸리고 자신의 생각을 말했다.

“글쎄. 마음이 아무리 넓고 손에 자비가 넘치는 대협이라 해도 몇 사람은 죽이지 않았겠나? 자네처럼 독하게 손을 쓰진 않겠지만.”

북궁천은 사람들의 의문에 찬 눈길을 뒤로한 채 고개를 주억거리며 돌아섰다.

‘그런 상황에서도 손에 사정을 둬야 하다니. 대협이 되는 일이 쉬운 것은 아니군.’

＊　　＊　　＊

메마른 대지에 이슬비가 내리던 날. 태원의 북문으로 네 사람이 들어섰다.

원평을 출발한 북궁천 일행이었는데, 다행히 태원까지 오는 동안 별다른 일은 벌어지지 않았다.

태원에 들어선 북궁천은 이정한 등과 함께 진자방이 말한 장가의방으로 향했다.

용천보는 태원성 서남쪽 외곽에 있었다. 어차피 지나가는 길인만큼 장가의방에 먼저 들렀다가 가도 충분했다.

이정한 등은 표정이 매우 밝았다. 태원에 도착한 이상 임무는 완수한 거나 다름없었다.

"단 형님, 장 의원은 교활한 인간이니 처음부터 돈을 많이 준다는 말을 절대로 하지 마십시오."

이정한이 장가의방의 주인인 장만호에 대해서 주의를 주었다.

북궁천도 확실치 않은 정보에는 자신이 처음으로 번 돈을 함부로 쓸 생각이 없었다. 헌원려려를 찾을 수 있다는 확실한 정보가 있다면 또 몰라도.

"걱정 말게. 나도 사람 다루는 것은 어느 정도 할 줄 아니까."

장가의방은 북문에서 멀지 않은 골목 안에 있었다.

입구는 환자도 찾지 않을 만큼 허름했는데, 안쪽으로 들어가니 기다리는 환자가 대여섯 명이나 되었다.

북궁천은 그 모습을 보고 장만호에 대해서 다시 생각했다.

"솜씨가 좋은 모양이군."

이정한이 묘하게 입술을 비틀었다.

"솜씨가 좋다기보다는, 말만 잘해도 공짜로 치료를 받거나 약을 얻을 수 있으니 사람들이 찾아오는 거죠."

"공짜? 자넨 그의 심성이 안 좋다고 하지 않았나?"

"심성과는 상관없죠. 공짜라고 해서 그냥 공짜가 아니라, 그만한 정보와 바꿀 뿐이니까요."

그제야 북궁천은 이정한의 말을 이해했다.

"환자에게 정보를 얻는다? 그거 참 괴이한 발상이군."

"원래 무인들이 부상을 자주 입지 않습니까? 그러니 장 의원은 앉아서 정보를 수집하는 거죠."

그 때 의생복을 입은 삼십 대 의원 하나가 그들에게 다가왔다. 그는 이정한 등을 아는지 빙그레 웃으며 인사를 건넸다.

"오랜만이네. 무슨 바람이 불어서 모두 몰려왔나? 누가 다쳤어?"

이정한은 웃으면서 손사래를 쳤다. 그 의원은 장만호의 제자인 고원이었다.

"아닙니다, 고 형. 장 의원님 좀 뵈려고요."

"그래? 그럼 안채로 들어가게. 사부님은 안에 계시니까."

회랑을 지난 북궁천 일행이 안채로 들어가자, 방문이 열리고 오십 대 후반의 노인이 고개를 내밀었다. 코 옆에 커다란 점이 있었는데, 마치 고약을 붙여 놓은 것 같았다.

"어떤 놈들인가 했더니, 진 영감의 제자들이었군."

이정한과 동호량, 초강은 장만호를 향해 포권을 취했다.

"그간 안녕하셨습니다, 장 의원님."

"무슨 일로 온 것이냐?"

"하하, 여기 단 형님께서 뭐 좀 물어볼 게 있다고 하셔서요."

장만호는 주름진 눈꺼풀을 치켜 올리고, 북궁천을 향해 눈짓을 하며 물었다.

"누구야?"

이정한이 웃는 얼굴로 대답했다.

"저희가 대형으로 모시고 있는 분입니다."

"내 신조가 공짜는 사절이라는 걸 알고 왔겠지?"

"물론입니다. 사부님이 그걸 모르고 소개하셨겠습니까?"

"좋아, 그럼 들여보내게."

이정한은 북궁천을 돌아다보았다.

"대형, 들어가시죠. 저희는 밖에서 기다리겠습니다."

대충 빗물을 털고 방 안으로 들어간 북궁천은 장만호와 마주 앉았다.

장만호는 웃는 얼굴로 북궁천을 빤히 바라보았다.

"그래, 물어볼 것이 있다고?"

"여긴 차도 안 주나 보군요."

북궁천의 딴소리에 장만호의 눈이 보이지 않을 정도로 가늘어졌다.

"곧 내올 거네."

"그럼 본론은 입을 먼저 적시고 이야기하지요."

기선을 제압당한 장만호는 웃음을 지우고 의자에 등을 기댔다. 급할 것 하나도 없다는 투로 툭 쏘아붙이고.

"그럴까?"

북궁천도 방 안을 둘러보며 여유를 부렸다.

"방음이 잘 된 방이군요. 어지간한 소리는 밖으로 새어 나가지도 않겠는데요?"

"돈 좀 들였지."

"진 노인의 말로는, 장 의원께서 태원의 일을 모두 꿰고 있다고 하던데, 정말입니까?"

"알만큼은 알지. 믿지 못할 거면 뭐하러 왔나?"

"지나가는 길에 들러 본 겁니다. 알면 좋고, 모르면 어쩔 수 없고……."

장만호의 가늘어진 눈에서 옅은 열기가 새어 나왔다.

'뭐 이런 자식이 다 있어? 어디서 굴러먹던 놈이지?'

그 때 뒤쪽의 문이 열리더니, 열댓 살가량의 소년이 차를 들고 들어왔다.

북궁천은 소년이 차를 따르고 나갈 때까지 기다린 다음, 찻잔을 잡고 입으로 가져갔다. 그리고 느긋이 향기를 음미했다.

"호, 향이 좋은데요?"

장만호는 헛기침을 하며 치미는 열기를 가라앉혔다.

"커험, 차야 최고급을 쓰니 당연히 좋지."

북궁천은 일단 차를 한 모금 마셔서 입술을 축이고 입을 열었다.

"사람을 하나 찾으려 하는데, 장 의원께서 제가 원하는 사람을 찾을 수 있을지 모르겠군요."

왠지 못 미덥다는 투.

순간, 장만호의 목소리가 까칠해졌다.

"누구를 찾는데?"

북궁천은 찻잔을 다시 입으로 가져가며 슬쩍 몇 마디 던졌다.

"헌원려려라고, 응원 검원장 헌원가의 여주인인데 아실지 모르겠습니다."

장만호는 잠시 머리를 굴리더니 그녀의 이름을 기억 속에서 끄집어냈다.

"헌원가의 여주인? 아, 그 아가씨?"

하지만 곧 자책하는 표정으로 멈칫하더니, 슬쩍 북궁천의 눈치를 살폈다.

'제길, 실수했군.'

크든 작든 정보는 곧 돈이다. 그렇다면 자신은 돈을 땅바닥에 내팽개친 것이나 다름없었다.

"아시나 보군요. 하긴 태원에서 벌어지는 일을 모두 안다 하셨으니 모를 리가 없지요."

"험, 아는 것과 찾는 것은 다르다네."

장만호는 실수를 만회하기 위해서 최대한 말을 비비 꼬았다.

하지만 북궁천이 누군가? 한때 북천을 다스리던 마제가 아닌가!

비록 여인과 술 때문에 한동안 방황하긴 했지만, 장만호 정도는 그의 상대가 아니었다.

여자 문제라면 몰라도.

"그래도 대상에 대해서 알고 있으면 찾기가 좀 더 수월하겠지요."

"그, 그건 그렇지."

"일 년 육 개월 전인가? 그녀를 용천보에서 봤다는 사람을 만났는데, 장 의원님도 알고 계십니까?"

제대로 거래를 하려면 한 가지라도 더 비밀로 감춰야 한다.

그런데 몰랐다고 하면, 그것도 몰랐냐며 자신의 능력을

의심할 놈 같다.

"그 정도야 기본이 아니겠나? 커험!"

장만호는 큰기침까지 하며 대답했지만 속이 무척 쓰렸다.

"그 후 어디로 갔습니까?"

묻는 투가 워낙 자연스러워서 장만호는 무심결에 입을 열었다.

"남쪽으로 내려가 황하를……."

하지만 곧바로 뒤를 흐리고 찻잔을 들어 입으로 가져갔다. 뜻밖의 성과를 얻은 북궁천은 다시 한 번 찔러 보았다.

"황하를 건넜으면 정주나 낙양, 개봉 쪽으로 갔을 확률이 높겠군요."

차를 한 모금 마시고 전열을 가다듬은 장만호는 몇 가닥 있지도 않은 수염을 쓸어내리며 말했다.

"황하를 건넜다고 해서 꼭 그쪽으로 가란 법은 없지."

"어쨌든 황하를 건넜으면, 장 의원께서는 찾을 수 없겠군요."

"그렇다고만은 볼 수 없지."

"그녀가 황하를 건넜는데도 찾을 수 있단 말입니까?"

"돈만 많이 준다면야……."

"얼마나 걸릴 것 같습니까?"

"최소 석 달은 걸릴 거네."

"생각보다 오래 걸리는군요."

"그것도 나니까 그 정도 걸리는 거네."

"으음, 그럼 황하를 건너가 낙양이나 정주에서 알아보는 게 빠를지도 모르겠군요."

"사람을 한둘 더 쓴다면 두 달 안에도 가능하지. 원한다면 정주에서 소식을 전해 줄 수도 있네. 그럼 그곳까지 가서 사람을 쓰는 것보다 시간을 많이 앞당길 수 있을 거네."

"돈은 얼마 정도 들 것 같습니까?"

"은자 백 냥 정도는……."

장만호는 북궁천의 눈치를 보며 넌지시 가격을 이야기했다.

순간, 북궁천은 더 들어 볼 것도 없다는 듯 자리에서 일어났다.

장만호는 슬쩍 말꼬리를 틀어서 가격을 조정했다.

"원래는 그 정도 드는데, 진가가 보낸 사람에게 다 받을 순 없고, 팔십 냥만…… 아니, 칠십 냥만 내게나."

몸을 반쯤 돌리는 것으로 열 냥을 더 깎은 북궁천은 고개만 돌려서 장만호를 바라보았다.

"오십 냥으로 결정하고, 일단 선불로 스물다섯 냥을 내지요."

장만호의 얼굴이 묘하게 일그러졌다.

하지만 그는 언제라도 돌아설 것 같은 북궁천을 보고 더 이상의 흥정을 포기했다.

"그렇게 하세. 그런데 왜 헌원려려를 찾으려고 하는 거지?"

북궁천은 씁쓸한 표정으로 속삭이듯이 말했다.

"오래전에 보고 못 봐서, 얼굴이라도 한번 보려고 찾는 겁니다."

지붕을 적시는 빗방울 소리와 어울린 그 모습이 어찌나 애절해 보이는지 장만호는 더 이상 묻지 못했다.

'혼자 좋아했나 보군. 쯔쯔쯔…… 그러게 못 오를 나무를 왜 쳐다봐?'

*   *   *

용천보는 서문을 나가서 남쪽으로 십 리쯤 내려간 곳의 야산 자락에 지어져 있었다.

동쪽에 태원성을, 서쪽에 분하를 낀 용천보는 산서오호 중 하나답게 수많은 무사가 들락거렸다.

북궁천은 용천보의 정문 위사에게 보따리 속에 든 서찰을 꺼내 보여 주었다. 그리고 귀찮음을 피하기 위해서 기세가 실린 목소리로 정문 위사를 내리눌렀다.

"보주께 직접 전달하라는 명을 받고 왔소. 어디로 가야 하오?"

북궁천의 기세에 눌린 정문 위사는 서찰에 쓰인 백풍문주의 이름을 보고 그들을 용무전까지 직접 안내했다.

　거대한 삼 층 전각 입구에 서 있던 경비무사 중 하나가 위사장의 말을 듣고 안으로 들어갔다.
　북궁천과 이정한 등은 안으로 들어간 경비무사가 나오길 기다리며 주위를 둘러보았다.
　곧 밖으로 나온 경비무사가 그들을 데리고 용무전 안으로 들어갔다.
　용무전 안은 넓은 회의실이 전면에 있고, 후면은 내실인 듯했다.
　그들이 들어가자 사십 대 초반의 청의중년인이 다가오더니 위압적인 태도로 물었다.
　"나는 용호단주 사운도네. 자네들이 고 문주께서 전하는 물건을 가져왔다고?"
　북궁천이 아닌 이정한이 서찰을 꺼내 그에게 내밀었다. 전면에 나서기 싫은 북궁천이 용무전으로 오면서 보따리와 서찰을 그에게 맡긴 것이다.
　"그렇습니다. 물건은 보주께 직접 전하라 했으니 저희의 사정을 이해해 주십시오."
　사운도는 그가 내민 서찰을 받아서 겉봉을 살펴보고는, 고개를 들어 이정한의 뒤를 바라보았다.
　"모두 일행인가?"

“예, 사 단주.”

북궁천에게 잠시 시선을 준 그는 몸을 돌렸다.

“여기서 잠깐 기다리게. 보주님께 다녀올 테니까.”

잠시 후.

칠순 정도로 보이는 노인이 네 명의 호위를 거느리고 사운도와 함께 이 층에서 내려왔다.

가슴까지 자란 탐스런 백염. 노인답지 않게 형형한 안광. 그가 바로 용천보의 보주인 용뢰검(龍雷劍) 사마주광이었다.

태사의에 몸을 묻은 그는 이정한 등을 훑어보며 칼칼한 목소리로 물었다.

“사위가 물건을 보냈다고?”

이정한은 황급히 포권을 취하며 허리를 숙였다.

“예, 보주님.”

“어디 가져와 봐라.”

이정한은 보따리를 꺼내들고 사마주광에게 다가갔다.

그 때 사운도가 그의 앞을 막았다.

“이리 주게.”

이정한은 보따리를 그에게 넘겼다.

서신을 먼저 읽은 사마주광은 상자 안에 든 흑옥불상을

보고 눈살을 찌푸렸다.

고정명은 상자 안의 물건을 잠시 보관해 달라고 했다. 나중에 자신이 와서 자세한 것을 말해 준다면서.

하기에 매우 귀한 물건인 줄 알았거늘, 너무 오래되어서 색마저 탁해진 한 뼘 길이의 흑옥불상이 아닌가.

불상의 조각이 섬세하고 흑옥으로 만들어진 게 특이하긴 했지만 보물처럼 보이진 않았다.

그래도 어쨌든 고정명이 귀도맹에게 빼앗기지 않으려고 맡겼을 때는 그만한 이유가 있을 터.

사마주광은 상자의 뚜껑을 닫고 이정한을 바라보았다.

"수고가 많았다. 그런데 왜 너희가 이걸 가져왔지?"

이정한은 오면서 벌어진 일들을 간략하게 설명했다.

"오면서 귀도맹의 습격을 받았습니다. 그 바람에 상 당주님과 위 부당주님이 큰 부상을 입으셔서 어쩔 수 없이……."

그의 이야기가 진행될수록 사마주광은 놀라운 표정을 감추지 못했다.

사운도와 곁에 있던 세 명의 호위도 놀라기는 마찬가지였다.

그런데 이정한의 이야기가 끝나자, 사운도가 의아한 표정으로 질문했다.

"상 당주와 위 부당주가 중상을 입을 정도라 했는데, 그대들은 그리 다친 곳이 없는 것 같군."

약간의 의심이 깃든 질문.

이정한은 침착하게 그의 의심을 벗어났다.

"저희는 뒤로 처져서 추혈대의 발을 늦추는 임무를 맡는 바람에 적혈대와 싸우지 않았습니다."

"그럼 추혈대는 어떻게 되었지?"

"거리가 너무 벌어져서 바로 쫓아오지 못한 것 같습니다. 해서 그들이 오기 전에 부상당한 상 당주님과 위 부당주님을 급히 원평으로 모셨지요."

사운도가 자꾸 이정한을 추궁하자, 사마주광이 손을 저었다.

"그만해라. 이들이 이런 일을 속일 이유가 없지 않느냐?"

사운도도 모르지 않았다. 다만 상우군과 위조현이 중상을 입었는데, 별 볼 일 없어 보이는 자들이 멀쩡하다는 게 이상했을 뿐.

그는 북궁천을 다시 한 번 바라본 다음 이정한에게 말했다.

"어쨌든 수고가 많았군. 이제 그만 가 보도록 하게."

그 때 북궁천이 입을 열었다.

"한 가지 물어보고 싶은 게 있소만."

사운도가 칼날 같은 눈빛을 반짝이며 그를 바라보았다.

"그리 말하는 자넨 누군가?"

"단화린이라 하오."

처음 듣는 이름. 뭔가가 있는 것 같긴 한데 알 수가 없다. 사운도는 자신의 신경이 너무 예민해졌나 보다 생각하며 말했다.

"뭘 물어보겠다는 거지?"

"헌원가의 여주인인 헌원려려 소저가 이곳에 머문 적이 있다는 말을 들었는데, 혹시 아는 바 없소?"

사운도가 눈살을 찌푸리며 되물었다.

"헌원 소저? 왜 그녀에 대해서 묻는 거지?"

"같은 고향 사람으로 오래전부터 알고 지냈던 여인이오. 집안이 몰락한 후 남쪽으로 내려갔다는 말을 들었는데, 지금은 어떻게 되었는지 궁금해서 그러는 거요. 우리가 수고한 것을 인정하신다면, 대가라 생각하고 말씀해 주시오."

사운도의 시선이 사마주광을 향했다.

사마주광은 탐색하듯이 단화린을 살펴보았다.

십 개월 전쯤, 북천궁에서 사람이 온 이후로 그녀를 찾는 사람은 처음이었다.

정말 단순히 궁금해서 찾는 것일까?

'말투로 봐서는 그쪽 사람이 분명한 것 같은데…… 하긴 저 나이에 그 아이를 보고 혹하지 않으면 이상하지, 허허허.'

잠시 단화린을 살펴보던 그는 별다른 점을 발견하지 못하자 자신이 아는 한도 내에서 입을 열었다.

“그 아이는 남쪽으로 내려갔다. 하남 어딘가에 친척이 있는 모양이더군.”

“그 친척이 누군지 아십니까?”

“과거 그의 아비와 약간의 인연이 있어서 잠시 보살피긴 했다만, 더 자세한 일은 알지 못한다. 그 아이도 친척에 대해선 깊이 말하지 않았지. 말하는 투로 봐서 평범한 집안은 아닌 것 같던데…….”

사마주광도 그 이상은 모르는 것 같다.

북궁천은 아쉬움이 많았지만 그녀가 하남으로 갔다는 사실을 확인한 걸로 만족했다.

“말씀해 주셔서 감사합니다, 보주. 혹시라도 그녀를 찾게 된다면 오늘의 도움을 잊지 않겠습니다.”

“허허허허, 도움이 되었다면 다행이군.”

사마주광은 너털웃음을 지으며 수염을 쓰다듬었다.

헌원려려에게는 신비한 아름다움이 있었다. 그녀를 가까이에서 보며 산 청년이라면 어느 누구든 세상을 뒤져서라도 그녀를 찾고 싶을 것이다.

‘젊음이 좋긴 좋군.’

第七章

의협(義俠)을 행하는 자는 신의(信義)가 첫째다

　용천보를 나온 북궁천은 다시 장가의방을 찾아갔다.

　그는 사마주광에게 들은 말 중 친척에 관한 정보를 건네
주고 그에 대한 대가로 열 냥을 깎았다.

　그리고 주름진 눈꺼풀을 파르르 떠는 장만호를 뒤로한
채 의방을 나와서 이정한 등과 함께 객잔에 방을 얻었다.

　이정한 등은 일련의 과정을 지켜보면서 북궁천의 또 다른
능력에 진심으로 감탄했다.

　자린고비 저리 가라는 장 의원에게 돈을 열 냥이나 깎다
니!

　만약 사부님이 이 이야기를 듣는다면 방바닥을 구르며

사흘은 웃을 게 분명했다.

어둠이 밀려들 무렵.
객잔의 일 층으로 내려간 그들은 오랜만에 평온한 식사를 하며 이야기를 나누었다.
이런저런 이야기가 오갈 즈음, 그동안 조용하던 초강이 아쉬움 가득한 목소리로 물었다.
"대형, 그럼 바로 하남으로 가실 겁니까?"
"아무래도 그래야 할 것 같네."
초강은 잠시 망설이더니 입술을 지그시 깨물고 말했다.
"허락하신다면 저도 따라가겠습니다."
그 말에 이정한과 동호량이 놀란 표정을 지었다.
"사제, 형님을 따라간다고?"
"정말 따라갈 생각이야?"
북궁천은 의외의 말에 초강을 똑바로 바라보며 담담히 물었다.
"왜 그런 생각을 한 거지?"
"좀 더 넓은 세상을 보고, 많은 일을 경험해 보고 싶습니다. 그러한 경험이 쌓이면 본 문을 위해서도 나쁘지 않다고 봅니다. 함께 다니면서 폐가 되지 않도록 노력할 테니 허락해 주십시오, 대형."
초강은 간절한 눈으로 북궁천을 바라보았다.

그런데 그 때, 이정한이 이마를 찌푸리며 말했다.

"너만 가면 우린 어떡하고? 가려면 함께 가야지. 석 달 정도 여유가 있으니까, 상황 봐서 그때쯤 돌아오지, 뭐. 호량, 너는 어떻게 할 거냐?"

"저야 사형이 가신다면 당연히 따라가야죠. 이번에 많이 벌었으니까 그것도 괜찮을 것 같습니다. 단 형님은 강호를 잘 모르시니 우리가 함께 다니면서 도와 드리죠."

북궁천은 세 사람이 동행하는 것도 나쁘지 않다고 생각했다.

동호량의 말대로 아직 강호에 대해서 모르는 게 많다. 잡다한 일을 이들이 도와준다면 헌원려려를 찾는 것도 조금은 쉬워질 것 같고.

"좋아, 그럼 함께 가지."

다음 날 아침.

북궁천은 이정한 등과 함께 식사를 마치고 객잔을 나섰다. 언제 비가 왔냐는 듯 화창한 날씨는 그들의 하남행을 축하하는 듯했다.

그런데 객잔을 나선 그들이 성문을 이십여 장 남겨 놓았을 즈음 십여 명의 무사들이 성안으로 들어왔다. 용천보의 무사들이었는데 그들 중에는 사운도도 있었다.

사운도는 북궁천 일행을 발견하고 곧장 그들을 향해 다

가왔다.

"아직 떠나지 않았군."

왠지 싸늘한 표정. 무사들이 반원형으로 둘러싸는 게 아무래도 심상치 않다.

이정한 등은 당황한 표정으로 그들을 둘러보았다.

그 때 직감적으로 심상치 않은 일이 벌어졌음을 눈치챈 북궁천이 사운도에게 물었다.

"무슨 일이오?"

"몇 가지 물어볼 것이 있어서 자네들을 찾는 중이었네."

"말해 보시오."

"어제 그 물건에 대해서 누구에게 말했나?"

"우리는 누구에게도 그 물건에 대해서 말하지 않았소."

"정말인가?"

의심이 가득한 눈빛과 말투다.

북궁천은 눈살을 찌푸리고 무심한 어조로 답했다.

"나는 당신에게 거짓말할 이유가 없소. 그리고 저 사람들은 나름대로 신의를 얻은 사람들이오. 그러지 않았다면 상당주가 물건을 맡기지도 않았을 거요."

사운도는 북궁천과 눈이 마주치자 자신도 모르게 숨을 멈췄다. 하지만 곧 북궁천의 말을 곰곰이 곱씹어 보고 고개를 끄덕였다.

"으음, 자네 말이 사실이라면 이상한 일이군."

"그 물건에 무슨 문제라도 생겼소?"

사운도는 말 못 할 것도 없다는 듯 사실대로 말했다.

"자네들이 가져온 상자가 어젯밤에 사라졌네."

"그래서 우리를 의심한 것이오?"

"의심한다기보다 사실을 파악하기 위해 찾아온 것이네. 그 물건에 대한 말을 들은 자가 있다면 그자를 용의선상에 놓아야 하니까 말이야."

"분명히 말하지만, 우리는 그 물건에 대해서 누구에게도 말하지 않았고, 훔치지도 않았소. 그럼 먼 길을 가야 하니 이만 가 보겠소."

북궁천이 단호하게 말을 맺고 돌아서려 하자 사운도가 손을 뻗어 막았다.

"잠깐 멈추게."

"더 할 말 있소?"

그 때 사운도와 함께 온 용호단 무사들 중 하나가 나서며 눈을 부라렸다.

"단주께서 멈추라 하면 멈출 것이지, 뭔 말이 그리 많으냐!"

북궁천의 시선이 그를 향했다.

"내가 왜 당신네 단주의 명령을 따라야 하지?"

"뭐야? 순순히 대해 주니까 우리가 우습게 보이나 보군!"

"우습게 보진 않지만 대단하게 보지도 않아. 그러니 비켜 주었으면 좋겠군."

"이 건방진 놈이!"

발끈한 무사는 성큼 걸음을 내디디며 검을 뽑더니 북궁천의 미간을 향해 뻗었다.

그는 그냥 겁만 줄 속셈이었다. 문제는 상대가 북궁천이라는 것이다.

덥석, 코앞의 검을 좌수로 잡아서 홱 당긴 북궁천은 번개처럼 우수를 뻗어 무사의 목을 움켜쥐었다.

"컥!"

"무슨 짓이냐! 손을 놓아라!"

또 다른 무사가 일갈을 내지르며 북궁천의 좌측을 공격했다.

북궁천은 좌수에 잡힌 검을 가볍게 털었다.

목을 잡힌 자는 손아귀가 찢어질 것 같은 충격에 검을 놓았다.

북궁천은 그 검으로 좌측에서 공격해 오는 자의 검을 쳐냈다.

쩡!

공격해 오던 자가 강력한 반탄력에 비틀거리며 옆으로 밀려났다.

"멈춰!"

생각지도 못한 상황. 사운도가 다급히 소리쳤다.

주위의 용천보 무사들도 무기를 잡고 금방이라도 달려들 것처럼 눈을 치켜떴다.

하지만 북궁천은 그들의 움직임에 일절 반응하지 않고, 목을 움켜쥔 자의 눈만 뚫어지게 바라보며 나직이 말했다.

"나는 누가 나에게 검을 겨누는 걸 좋아하지 않아. 능력도 없으면서 자신이 속한 세력의 위세만 믿고 그러는 것은 더욱 못 봐 주지. 앞으로 검을 빼서 남을 겨눌 때는 한 번 더 생각해 보고 뽑도록."

그러고는 얼굴이 시뻘겋게 변한 무사를 한쪽에다 집어던졌다.

사운도는 굳은 표정으로 북궁천을 바라보았다.

어제 처음 볼 때부터 북궁천이 예사롭지 않은 자라는 걸 어느 정도 눈치챈 터였다. 심하게 다그치지 않고 조심스럽게 상대한 것 역시 그 때문이다.

그런데 용호단원 둘을 가볍게 상대하는 모습을 보니 예상보다 더 강하게 느껴졌다.

"내 수하가 먼저 잘못을 했으니 자네를 탓하진 않겠네. 하지만 그냥 보낼 수 없는 내 입장도 생각해 주었으면 싶군. 갈 길이 아주 급한 게 아니라면 보주님을 뵙고 가는 것은 어떻겠나?"

"보주님을?"

"자네를 찾으면 데려오라 하셨네."

잠시 생각해 본 북궁천은 헌원려려를 생각해서 그의 청에
응하기로 했다.

게다가 태극문 사람들은 언젠가는 돌아와야 할 사람들.
그들을 위해서라도 깨끗이 정리하는 게 나았다.

"좋소, 앞장서시오."

*　　　*　　　*

사마주광은 물건을 잃어버렸는데도 그리 급한 표정이 아
니었다.

그는 흑옥불상을 그리 중요하게 생각지 않았다. 다만 사
위가 맡긴 물건을 잃어버렸다는 사실과 자신의 집무실이 털
렸다는 게 화날 뿐.

"나는 이 일을 조용히 처리할 생각이다. 사람들이 알게
되면 본 보의 체면만 손상되니까. 해서 도둑 잡는 일을 너희
에게 맡겨 볼까 하는데, 해 보겠느냐?"

북궁천 일행은 물건을 가져온 당사자다. 그들과 용천보
의 일부 사람을 제외하고는 그 물건에 대해서 알지 못하는
상황. 그들이 물건을 되찾는다면 모든 것은 원점으로 돌아
갈 것이다.

문제는 그들의 능력인데, 귀도맹의 손에서 벗어난 것만으
로도 능력은 어느 정도 입증되었다고 봐야 했다.

더구나 사운도가 넌지시 한 말에 의하면, 용호단 무사가
단 한 수에 제압당했다고 하지 않던가.

그러나 마음이 급한 북궁천은 그의 청을 단호하게 거절
했다.

"보주의 마음을 모르는 바는 아닙니다만, 저희는 남쪽으
로 가야 하는지라 이곳에 머물 여유가 없습니다. 죄송합니
다."

범인이 귀도맹 사람이라면 귀찮은 일에 휘말릴지도 모른
다. 사마주광이 기분 나빠 할지 몰라도 어쩔 수 없었다.

그런데 사마주광은 조금도 기분 나빠 하지 않았다. 기분
나빠 하기는커녕 잘됐다는 표정이었다.

"남쪽으로 간다면 잘됐군. 도둑의 흔적을 추적하는 중인
데, 아무래도 놈이 남쪽으로 내려간 것 같다. 너희도 의심을
털어 버릴 겸, 가는 길에 놈을 잡아 보면 어떻겠느냐?"

남쪽으로 내려갔다면 귀도맹 사람이 아니라는 뜻.

그렇다면 문제가 달라진다. 잘하면 부수입도 얻을 것 같
고.

북궁천은 잠시 생각해 보고 입을 열었다.

"내려가면서 나름대로 신경을 쓰겠지만 오래 매달릴 수는
없습니다. 시간이 오래 걸릴 것 같으면 그냥 떠나야 할지도
모르니, 그 점을 이해해 주신다면 도와 드리지요."

"좋다, 납득할 만한 상황이라면 너희들이 떠난다 해도 탓

하지 않으마."

"좋습니다. 그럼 은자 오십 냥을 선수금으로 주시지요. 그리고 저희가 물건을 찾으면 백 냥을 더 주십시오."

은자 백오십 냥이 흑옥불상의 값어치보다 더 많은 금액일지 모른다.

하지만 사마주광으로선 더 많은 돈이 들더라도 찾아야 했다. 용천보의 자존심을 살리고, 사위에게 체면을 세우려면.

"그렇게 하지."

간단하게 오십 냥을 선수금으로 챙긴 북궁천은 이정한 등의 감탄에 찬 눈빛을 받으며 사운도를 바라보았다.

"정확한 상황을 알고 싶소만."

"따라오게. 현장을 보여 주지."

물건이 보관된 곳은 용무전의 이 층 내실이었다.

그런데 사마주광은 상자를 비밀 금고에 보관하지 않고 탁자 위에 놓아두었다고 했다.

누가 감히 용천보주의 방에 들어와서 물건을 훔쳐 가랴, 그렇게 생각한 듯했다.

북궁천은 방 안을 천천히 둘러보며 물었다.

"지키는 사람이 있었을 텐데, 아무도 그자를 보지 못한 거요?"

"보주님께서 안 계실 때는 따로 무사를 배치하지 않고 용무전의 일반 경비무사만이 주위를 도네. 아무래도 놈이 경비 상황을 미리 알고 있었던 것 같아."

"도둑이 남쪽으로 간 것은 어떻게 알았소?"

"밤에 비가 조금 와서 창문 밖과 아래쪽에 희미하게나마 발자국이 남아 있었네. 마침 사람이 다니지 않는 새벽에 도둑이 든 걸 알아서 발자국을 쫓아갈 수 있었지. 그런데 발자국이 남쪽으로 향하더군."

"발자국의 특징은?"

"길이는 여덟 치 닷 푼. 폭은 세 치 대여섯 푼 정도. 그리고 엄지발가락에 유난히 힘을 많이 주는 걸음걸이였네."

"지금도 쫓고 있소?"

"소문나지 않게 쫓으려다 보니 추룡당 무사 중 일부만 움직이고 있네. 내가 문서 하나를 써 줄 테니 그들을 만나면 보여 주고 서로 협조하도록 하게."

북궁천은 묵묵히 고개를 끄덕이며 안을 한 번 더 둘러본 다음 방을 나섰다.

제법 값나가는 물건이 여기저기 보였다. 개중에는 보물이라 할 만한 것도 있었다.

그런데 도둑은 왜 값나가는 다른 물건을 놔두고 흑옥불상을 훔친 걸까?

'흑옥불상에 대해서 잘 아는 잔가 보군.'

*   *   *

　사운도가 써 준 문서와 오십 냥을 받아 들고 용천보를 나선 북궁천 일행은 곧장 남쪽으로 향했다.

　추적에 능한 추룡당 무사들이 흔적을 추적하고 있다 했으니, 기현의 용천보 지부에서 그들을 만나 보면 좀 더 자세한 것을 알 수 있을 것이었다. 그전에 그들이 도둑을 잡는다면 잘된 일이고.

미시(未時:오후1시~3시) 무렵.

　진중에 도착한 북궁천 일행은 점심을 먹기 위해서 객잔을 찾아 대로를 가로질렀다.

　그 때 빠른 걸음으로 다가오는 무사 셋이 보였다. 복장으로 봐서 용천보의 무사가 분명했다.

　북궁천은 거리가 가까워지자 그들을 불러 세웠다.

　"추룡당의 무사요?"

　셋 중 삼십 대의 장한이 북궁천을 바라보았다.

　"그렇소만."

　북궁천은 사운도에게 받은 문서를 그에게 내밀었다.

　용천보의 무사들은 이 문서를 지닌 단화린에게 적극적으로 협조해라.

무사는 문서의 내용을 읽고 눈이 커졌다.

"귀하가 단화린이오?"

"그렇소. 쫓고 있는 자의 정체를 알아냈소?"

"인상착의만 알아냈소."

"그거라도 말해 보시오."

장한은 힐끔 문서를 보고는 사실대로 말했다.

"평범한 몸집, 굽은 어깨, 키는 오 척 다섯 치 정도요. 머리는 풀어 헤쳐져 있고, 봉처럼 생긴 괴상한 쇠막대를 들고 있다 하오."

장한의 이야기를 듣던 북궁천의 눈이 기이하게 반짝였다.

범인의 인상착의를 듣는데 곧바로 한 사람이 떠오른 것이다.

'설마…… 육대기?'

정말 그라면 묘한 인연이다.

하지만 아직 확실치 않은 일이어서 추룡당 무사에게 말하진 않았다.

"그자의 인상착의는 어떻게 알아냈소?"

"흔적을 쫓으면서 근처 사람들에게 수상하게 보이는 자에 대해 물어보았소. 그런데 많은 사람들이 조금 전에 말한 인상착의를 지닌 자를 봤다고 했소. 아직 확실한 것은 아니지만, 우리는 그가 범인일 가능성이 팔 할가량 된다고 보고 있소이다."

자신이 생각해도 당연히 의심할 만했다. 우연이란 것은 그렇게 자주 겹칠 수 없는 법이니까.

"그가 향한 방향은?"

"기현 쪽으로 내려간 것으로 추측되어서 지금 그자의 뒤를 쫓는 중이오."

"알았소. 우리도 식사를 마치면 바로 뒤쫓아 갈 테니 먼저 가 보도록 하시오."

북궁천은 서두르지 않았다.

만수종 육대기는 잔머리가 뛰어난 자다. 그가 정말 범인이라면 지금쯤 추적을 피해 멀리 도망갔을 터. 식사까지 거르며 쫓아갈 필요가 없을 거라 생각했다.

태극문 제자들과 함께 객잔에 들어간 그는 느긋이 식사를 하고 차를 마셨다.

'육대기가 흑옥불상을 잘 아나? 왜 그걸 훔쳤지?'

북궁천은 그 점이 궁금했다.

흑옥이라는 것 외에는 특별할 것도 없는 불상이었다. 그가 위험을 무릅쓰고 용천보주의 집무실까지 침입해서 훔칠 때는 그만한 이유가 있지 않겠는가 말이다.

'그때 자세히 볼 걸 그랬군.'

그가 찻잔을 들고 생각에 잠겨 있는데 이정한이 넌지시 물었다.

"대형, 쫓아가지 않아도 되겠습니까?"

"서두를 것 없네. 어차피 쫓아가도 추룡당의 뒤만 따라가야 할 텐데, 괜히 사서 고생할 필요는 없잖아?"

그런데 초강이 북궁천의 말에 토를 달았다.

"저, 대형. 의협을 행하는 자는 신의가 첫째라 했습니다. 일을 맡았으면 최선을 다해야 하고, 끝까지 초심을 잃지 않아야 한다고 했습니다. 우리가 돈을 받고 일을 맡은 이상 고생이 되어도 적극적으로 나서야 한다고 봅니다."

북궁천은 찻잔을 내려놓고 초강을 직시했다.

이정한과 동호량은 입바른 소리를 한 초강에게 눈짓을 보냈다.

하지만 초강은 물러서지 않고 북궁천의 눈길을 받아 냈다.

그 때였다.

탕!

탁자를 친 북궁천이 벌떡 일어났다.

깜짝 놀란 이정한은 당황해서 급히 변명 아닌 변명을 했다.

"저, 대형. 초 사제 성격이 올곧아서 그런 것이니 이해를……"

"뭐 하나? 초강 아우가 한 말 못 들었나? 다 먹었으면 일어나게. 빨리 쫓아가야 그들을 따라잡을 수 있을 거야."

"예?"

이정한과 동호량이 눈을 휘둥그렇게 뜨고 북궁천을 바라보았다.

북궁천은 아랑곳하지 않고 초강에게 말했다.

"초 아우, 미안하네. 내가 의협을 행하는 법에 대해서 너무 몰랐던 것 같군. 앞으로도 잘못하는 게 있으면 언제든 말하게."

"대형, 이러실 것까지는……."

머쓱해진 초강은 얼굴마저 붉어졌다.

그러든 말든, 북궁천은 세 사람을 재촉했다.

"가세. 의협을 떠나서, 남자라면 맡은 일에 최선을 다해야 하지 않겠는가?"

이정한과 동호량은 초강을 째려보며 자리에서 일어났다.

*　　　*　　　*

북궁천 일행이 관도를 따라 팔십 리쯤 내려갔을 때 해가 지며 어두워지기 시작했다.

마을을 찾지 못한 그들은 계곡의 바위 사이에 모닥불을 피우고, 태원을 떠나올 때 사 놓은 건포로 간단하게 저녁을 해결했다.

잠시 후. 식사를 마친 이정한과 동호량, 초강은 북궁천 앞에서 무공을 펼쳐 보였다.

북궁천은 그들이 전개하는 태극문의 무공을 보고 고칠 점을 말해 주었다.

이정한을 비롯한 세 사람은 북궁천의 말을 하늘의 계시처럼 떠받들었다.

적혈대주 백숭을 꼬리 말고 도망가게 만든 사람이다. 자신들과는 격이 다른 진짜 고수!

함께 있을 때 하나라도 더 배워야 했다.

어쩌면 그것이 북궁천과 동행하려 한 가장 큰 목적일지 몰랐다.

그렇게 한 시진. 그들은 가을밤의 찬 바람 속에서도 땀을 흘리며 초식을 펼쳤다.

그리고 해시(亥時:오후9시~11시)가 다 되어 갈 무렵, 그들은 기분 좋은 표정으로 숨을 골랐다.

그 때 북궁천이 몸을 일으켰다.

그는 허공을 무심하게 노려보더니, 담담한 어조로 말했다.

"본인은 누가 숨어서 엿보는 걸 좋아하지 않소. 그냥 갈 것이 아니라면 모습을 드러내시오."

숨을 고르던 세 사람은 흠칫하며 주위를 둘러보았다.

그 순간, 어둠 속에서 한 사람이 날아들었다.

북궁천 일행의 삼 장 앞에 내려선 그자는 뒷짐을 지고서 모닥불을 향해 다가왔다.

"쉬는 데 폐가 되지 않을까 모르겠군."

검은 수염이 턱 밑에 가득한 텁석부리 장한이었다.

청의를 입고 등에는 검이 한 자루 메어져 있었는데, 매사에 자신감이 넘치는 당당한 표정이었다.

"괜찮소. 쉬어 갈 거라면 이쪽으로 오시죠."

"그럴까?"

장한은 성큼성큼 걸어오더니 북궁천과 일 장 거리를 두고 마주 섰다.

"우연히 그대가 하는 말을 들었네. 무공에 대한 이해의 깊이가 대단하더군."

"과찬이오."

"누군지 물어도 되겠나?"

"단화린이라 하오."

"나는 양무겸이라 하네."

순간 이정한과 동호량, 초강이 불에 덴 사람처럼 깜짝 놀라서 눈이 휘둥그레졌다.

"단영검객(丹榮劍客)……?"

"강호의 친구들이 그렇게 불러 주지."

단영검객 양무겸.

그는 산서의 강호인이라면 모르는 사람이 없는 절정검객
이었다.

그는 실력보다 다른 이유로 더 유명했는데, 십 년 전 산
서무림을 뒤흔든 그에 관한 이야기는 많은 사람이 아직도
못 잊을 정도였다.

사랑하는 여인을 얻기 위해 산서 제일의 세력과 맞선 청
년. 결국 그는 사랑하는 여인을 얻는 데 실패했지만 강호인
들은 그의 용기에 환호했다.

이정한은 포권을 취하며 열기 어린 목소리로 인사를 건넸
다.

"저는 태극문의 이정한이라 합니다. 그리고 이쪽은 사제
인 동호량, 초강이라 합니다. 이런 곳에서 단영검객을 뵙게
되다니, 영광입니다."

"옆에 대단한 고수가 있는데, 내가 그런 인사를 받아도
될지 모르겠군."

아무리 북궁천이 대단하다 해도 단영검객만 하랴.

이정한은 그렇게 생각하며 어색한 웃음을 지었다.

"하, 하. 저희 대형이 대단하긴 대단하죠. 일단 앉으시죠."

양무겸은 그가 가리킨 곳에 앉았다.

초강이 모닥불에 나뭇가지를 몇 개 얹어서 불길을 키웠
다.

그렇게 얼마나 지났을까. 춤을 추며 솟구치는 불티를 바라보던 북궁천이 양무겸에게 시선을 돌렸다.

"이 늦은 시간에 밤길을 재촉하시다니, 급한 일이라도 있는 모양이군요."

"어쩌다 보니 돌아다니는 게 일상사가 되어 버렸군."

씁쓸한 표정으로 대답하는 양무겸의 눈빛이 반사된 불빛으로 인해 흔들리는 것처럼 보였다.

"세상을 많이 돌아다녀 보셨으면 하남에도 가 봤겠군요."

"가 봤지."

"혹시 헌원려려라는 이름을 들어 보셨소?"

양무겸은 세상을 많이 돌아다닌 사람답게 그녀의 이름을 알고 있었다.

"헌원려려? 장성 너머 응원 검원장의 여장주 말인가?"

"들기로는 그녀가 일 년 몇 개월 전에 하남으로 갔다던데, 들어 보신 적 없소?"

별 기대를 하지 않고 물었는데 양무겸이 의외의 대답을 했다.

"정주에서 봤다는 말을 언뜻 들은 적이 있긴 한데, 그 후로는 잘 모르겠군."

"정주?"

깊게 가라앉았던 북궁천의 눈빛이 활기를 띠었다.

장만호가 소개시켜 준 정보 상인도 정주에 있다. 그를 만나면 좀 더 정확한 정보를 얻을 수 있을 터. 금방이라도 그녀를 찾을 수 있을 것 같은 기분이 들었다.

'그럼 지금도 아는 사람들이 있겠군.'

북궁천의 가슴에서 희망의 불길이 활활 타올랐다.

당장이라도 만사 제쳐 놓고 정주로 달려가고 싶었다. 사마주광과 약속한 것이 후회스럽기만 했다.

'하루 안에 행방을 찾지 못하면 그냥 내려가야겠어.'

그가 내심 결정을 내렸을 때였다. 계곡 아래쪽에서 인기척이 느껴졌다.

북궁천은 계곡 아래를 보더니 눈살을 찌푸리며 양무겸에게 물었다.

"저쪽에서 오는 사람들과 아는 사이요?"

양무겸은 고개를 돌려서 계곡 아래쪽을 바라보더니 표정이 굳어졌다.

"방향을 틀어서 한동안 안심해도 될 줄 알았는데, 정말 끈질긴 친구야. 아무래도 자네들에게 귀찮은 일만 만들어 준 것 같아 미안하군. 나중에 기회가 되면 또 만날 수 있겠지. 그럼 먼저 가겠네."

엉덩이를 털며 자리에서 일어난 그는 돌아서기 전에 한마디 더했다.

"저들은 철군성 사람들이네. 저들이 나에 대해서 묻거든 사실대로 말하게. 괜한 곤욕을 치르기 싫으면 말이야.”

철군성(鐵君城)!

이정한과 동호량, 초강은 그 말에 눈을 부릅떴다.

산서오호가 나름대로 위세를 떨치며 산서의 다섯 호랑이로 불린다 하나 철군성에 비하면 고양이에 불과했다.

산서제일세(山西第一勢). 전 중원을 통틀어도 다섯 손가락에 들어가는 대세력. 그게 바로 철군성인 것이다.

세 사람은 그제야 양무겸 같은 고수가 왜 피하려 하는지 알고 표정이 돌덩이처럼 굳어졌다.

북궁천도 조금은 의외라는 생각이 들었지만 무덤덤한 표정으로 말했다.

“그러잖아도 그럴 생각이오. 그런다고 해서 순순히 물러갈 것인지는 알 수 없지만.”

“저들도 무지한 사람들은 아니니 억지를 쓰지는 않을 거네. 혹시라도 저들 중에 등씨 성을 쓰는 사람이 있거든 그에게 말하게. 그는 말이 통할 거야.”

“등씨 성을 쓰는 사람이라…… 알겠소.”

“그럼 다음에 보세.”

양무겸은 가볍게 두 손을 맞잡고 흔든 다음 계곡 위쪽으로 빠르게 사라졌다.

그들이 나타난 것은 양무겸이 사라지고 열을 셀 정도의

시간이 흐른 뒤였다.

모두 일곱 명. 어둠 속에서도 흐트러짐이 없는 움직임을 보이는 그들은 하나하나가 일류라 하기에 손색이 없는 자들이었다.

그들은 빠르게 다가오더니 삼 장의 거리를 두고 멈춰 섰다.

그리고 그들 중 붉은빛이 너무 진해서 갈색으로 보이는 적의를 입은 중년인 하나가 앞으로 나오더니 오만한 말투로 물었다.

"묻겠다. 이곳으로 텁석부리 장한이 오지 않았느냐?"

이정한과 동호량, 초강은 앞에 불길이 있는데도 오싹한 한기를 느끼고 바짝 긴장했다.

그 때 부지깽이 막대로 모닥불을 뒤적이던 북궁천이 고개를 틀었다.

"왔소."

"어디로 갔지?"

"저쪽으로 갔소."

북궁천은 부지깽이 막대로 양무겸이 사라진 곳을 가리켰다.

하지만 적의중년인은 그의 말을 곧이곧대로 믿지 않았다.

"사실이냐?"

"그렇소."

"네 말에 진실성이 없어 보이는군. 사실대로 말하지 않으면 목이 달아날 것이다."

한껏 좋아진 기분을 망친 자들이다. 북궁천의 입에서도 대답이 곱게 나오지 않았다.

"믿지 못할 거면 아예 묻지를 마시오."

"뭐라?"

적의중년인은 독사처럼 새파란 눈빛을 번뜩이며 북궁천을 노려보았다.

그 때 북궁천이 자리에서 일어났다. 그의 손에는 여전히 부지깽이 막대가 들려 있었다.

그는 성큼성큼 걸음을 옮기더니 부지깽이 막대로 땅에 선을 죽 그었다. 그리고 적의중년인을 직시한 채 말했다.

"나는 평온이 깨지는 걸 원치 않소. 그러니 이 선을 넘어오지 마시오. 이 선을 넘어오면…… 후회하게 될 거요."

적의중년인은 눈을 치켜뜨고 냉랭히 코웃음 쳤다.

"흥! 건방이 하늘을 찌르는 놈이군!"

양쪽에 늘어서 있던 자들 중 하나가 칼을 빼 들고 나섰다.

"기주, 속하가 놈의 다리를 잘라 꿇리겠습니다."

하지만 적의중년인은 손을 들어 그를 막았다.

"아니다. 저놈은 내가 직접 다스리겠다."

이를 갈듯이 냉랭히 말한 그는 유유자적한 걸음걸이로 걸음을 옮겼다.

그리고 세 걸음. 선을 막 넘어서려던 그의 몸이 석상처럼 굳었다.

언제 쳐들었는지 부지깽이 막대가 그를 가리키고 있었다.

뒤이어 흘러나오는 나직한 목소리.

"넘어와 봐. 이마에 구멍이 뚫리면 머릿속이 시원해질 거야."

적의중년인은 오기로라도 발을 옮기고 싶었다. 그런데 몸이 말을 듣지 않았다.

막대와 떨어진 거리는 일 장이나 되거늘 이마가 시큰거린다.

잘 벼려진 창날이 이마에 맞닿아 있는 기분.

걸음을 옮기면 이마가 뚫릴 것 같은 느낌.

이를 악문 그는 눈빛을 파르르 떨며 두 손을 움켜쥐었다.

"이, 이런 개 같은……."

"그래도 철군성 사람이라고 해서 참고 있는 거야. 시끄러워지는 건 싫거든."

무심한 어조로 나직이 말한 북궁천은 시선을 적의중년인의 뒤로 옮겼다.

"귀하가 등씨요?"

적의중년인의 뒤쪽에 서 있던 자들 중 하나가 두 눈에서 기광을 반짝였다.

그는 적의중년인보다 키가 한 뼘은 작았는데, 뒷짐 지고 서 있는 그의 자세는 만근 바위를 깎아 만든 것처럼 묵직했다.

"맞네. 내가 등경이네."

"양무겸이라는 사람이 그럽디다. 등씨 성을 가진 사람이라면 말이 통할 거라고 말이오."

"흠. 어쩐지 무조건 내뺀다 했더니, 내가 나섰다는 걸 알고 있었나 보군."

철무검(鐵武劍) 등경. 철군성의 금사령주(金蛇令主).

그는 철군성의 주인인 철혈검군(鐵血劍君)의 제자로, 철군성 내에서 열 손가락 안에 들어가는 고수였다.

그리고 양무겸의 오랜 친구이기도 했다. 지금은 완전히 등을 돌린 상태지만.

"나는 더 이상 할 말이 없으니 그만 가 보시오. 그를 잡으려면 조금이라도 빨리 쫓아가야 하지 않겠소?"

북궁천은 말을 맺고 부지깽이 막대를 내렸다.

언뜻 등경의 입가에 미소가 떠올랐다.

"그래야겠지. 하지만 그전에 먼저…… 자네에 대해서 알아봐야겠네."

찰나였다. 석상처럼 굳어 있던 적의중년인이 활시위를 떠난 화살처럼 튕겨 나가며 칼을 잡았다.

쐐애액!

벼락같은 도광이 허리춤에서 솟구치고, 모닥불로 인해 붉어진 어둠이 찰나간에 여덟 조각으로 갈라졌다.

절정의 쾌도!

하지만 북궁천은 눈썹 한 올 흔들리지 않고, 밀려드는 도광을 바라보며 부지깽이 막대를 불쑥 내밀었다.

"후회한다니까!"

막대가 작은 원을 그리며 휘돌자, 사발만 한 공간이 이지러지고, 당장 그를 여덟 조각으로 갈라 버릴 것 같던 광채가 사방으로 비산했다.

떠더덩!

동시에 막대의 끝은 섬전이 되어 적의중년인의 목을 향해 뻗어 갔다.

적의중년인은 반사적으로 손을 올려 목을 보호했다.

퍽!

둔탁한 소리와 함께 적의중년인의 몸이 뒤로 튕겨 나갔다.

떼굴떼굴 서너 바퀴를 구른 그는 손을 가슴 위로 올린 채 신음을 흘렸다.

"크으으윽."

막대를 막은 그의 손은 살점이 너덜너덜해진 채 뼈가 밖으로 드러나 있었다. 그나마 손으로 막아서 목이 터져 나가지 않은 게 다행이었다.

스르릉. 채챙!

철군성 무사들이 무기를 빼 들었다.

잔뜩 긴장한 이정한 등도 검을 빼 들고 이를 악물었다. 그러나 북궁천은 남의 일이라도 되는 듯, 그 자리에 오연히 서서 무심한 눈빛으로 등경을 응시했다.

"해도 될 것인지, 안 될 것인지 정도는 알 분 같소만."

"모두 물러서라!"

차갑게 소리친 등경의 표정이 딱딱하게 굳어졌다.

조금 전의 막대로 펼친 일검.

과연 자신이었다면 저자의 공격을 막아 낼 수 있었을까?

막대가 아닌 검을 썼다면?

더구나 철군성 무사들의 포위는 안중에도 없다는 듯, 한 점 흔들림 없는 눈빛은 두려움이 일 정도다.

"자넨 누군가?"

"단화린이라 하오. 쉬고 싶으니 그만 가 보시오."

등경의 눈이 가늘어졌다. 손안에 땀이 찼다. 검병에 댄 엄지손가락이 잘게 떨렸다.

엄지를 밀어 올려 검을 튕긴 후에는 멈추지 못한다.

자존심을 생각하면 그리하는 게 당연하다. 그러나 싸우기에는 부담이 너무 크다.

하찮은 막대에 자신의 오른팔이나 다름없는 금혼기주가 일패도지(一敗塗地)한 상태.

하물며 옆구리에 매달려 있는 검을 쓴다면 어떤 결과가
나올지 그조차 짐작할 수가 없는 것이다.

보다 큰 꿈이 있는 그로서는 한순간의 자존심을 지키기
위해 모험을 할 수 없었다.

'이겨도 이익 될 게 없다. 지면 개망신이고.'

냉정하게 결론을 내린 그는 북궁천을 노려보며 엄지의 힘
을 뺐다.

"오늘 좋은 구경을 했네. 청산이 푸른 한 언젠가는 오늘
의 빚을 갚을 날이 있겠지."

"좋을 대로 생각하시오."

변함없이 담담한 말투. 패배감이 밀려든다.

등경은 이를 지그시 악물고 몸을 돌렸다.

"적 기주는 돌아가라. 나머지는 양무겸을 쫓는다."

이정한 등은 등경과 철군성 무사들이 완전히 사라진 후
에야 어깨를 늘어뜨렸다.

그 때까지도 두근거리는 가슴이 진정되지 않았다.

대형이 강한 것은 알고 있었지만, 설마 철군성 금사령주
까지 돌아서게 만들 줄은 생각도 못 한 터였다.

그들은 그제야 양무겸의 말이 겉치레가 아니었음을 깨닫
고 존경의 눈빛으로 북궁천을 바라보았다.

"왜 그런 눈으로 봐?"

　북궁천이 세 사람의 달아오른 눈빛을 보고 피식 웃으며 묻자, 이정한이 자신도 모르게 불쑥 물었다.

"대체 대형은 누구십니까?"

"나? 단화린."

"그게 아니라……."

"지금은 그렇게만 알아 두게. 여기서 더 쉬기도 그런데, 내려가면서 마을이 있는지 찾아보세."

第八章

면산풍운(綿山風雲)

다음 날.

오시(午時:오전11시~오후1시) 무렵 기현에 도착한 북궁천 일행은 용천보의 기현 지부인 신가장을 찾아갔다.

신가장은 인원이 사오십 명에 불과한 작은 장원이었는데, 마침 어제 만났던 추룡당 무사들이 아직까지 그곳에 있었다.

"범인의 정체는 밝혀졌소?"

북궁천이 묻자 어제의 삼십 대 장한이 쓴웃음을 지으며 고개를 저었다.

"아직 알아내지 못했소."

북궁천은 만수종 육대기에 대해 말할까 하다가 생각을 바꾸었다. 아직 범인이 그라는 증거는 어디에도 없었다. 확실치 않은 정보는 자칫 혼란을 초래할 뿐.

"범인의 행방은 찾았소?"

장한은 대답을 머뭇거렸다. 하지만 북궁천이 빤히 바라보자, 더는 숨기지 못하고 사실대로 말했다.

"오늘 아침부터 흔적이 끊겼소. 지금 수하들이 흩어져서 찾고 있는데, 어디에서도 그를 봤다는 사람이 없소."

추적을 눈치챈 건가?

그렇다면 잡기가 그만큼 어려워진다.

"마지막으로 봤다는 곳이 어디요?"

"평요 쪽이오."

"여기서 얼마나 되오?"

"남쪽으로 오십 리 정도 되오. 아무래도 놈이 면산(綿山)으로 들어간 것 같소."

북궁천은 이정한 등을 바라보았다.

"면산 쪽 지리에 대해서 알고 있나?"

초강이 대답했다.

"예, 대형. 몇 번 지나다닌 적이 있어서 그쪽 지리는 대충 압니다."

"그래? 그럼 가 볼까?"

북궁천은 망설이지 않고 자리에서 일어났다. 그가 당장

쫓아갈 것처럼 서두르자 동호량이 머뭇거리며 말했다.

"저, 대형. 식사를 하고 가시는 게 어떻겠습니까?"

"아침에 산 육포 남았지? 가면서 그거나 먹지, 뭐."

의협을 행하는 자는 맡은 일에 최선을 다해야 한다지 않던가.

범인이 면산으로 들어갔다면 식사할 시간도 아껴야 했다.

신가장을 나선 북궁천은 곧장 평요로 향했다.

그는 초강에게서 면산에 대한 설명을 듣고 한숨이 절로 나왔다. 그리고 직접 면산을 본 후 고개를 흔들었다.

진문공(晉文公)이 지른 불에 개자추가 어머니와 함께 타 죽었다는 면산은 너무나 넓고 험했다.

게다가 서쪽으로는 태행산과 이어져 있고, 남쪽으로 오백 리나 뻗어 나간 산맥은 왕옥산까지 이어져 있다지 않은가.

만약 만수종 육대기가 추적을 눈치채고 산속으로 들어갔다면 잡기 어렵다고 봐야 했다.

그에게 만수종이라는 별호가 생긴 것은 그가 그만큼 동물을 잘 다루기 때문이다.

잘 다룬다는 것은 특징도 잘 안다는 말. 그렇다면 새의 울음소리, 하찮은 동물의 움직임을 보고도 그는 추적자의 행동을 모두 알게 될 것이 분명했다.

만약 그가 나오지 않고 숨어서 버틴다면 만인을 풀어도

잡지 못할 것 같았다.

그렇다고 해서 그냥 돌아설 수는 없는 일. 북궁천은 허탕 치는 셈 치고 안으로 들어갔다.

면산은 너무나 아름다워서 육대기를 잡지 못해도 손해 볼 일은 없을 듯했다.

깎아지른 바위 사이로 난 길은 보는 사람이 아찔할 정도고, 까마득한 높이에 지어진 사원(寺院)은 그야말로 신에 대한 구도(求道)의 욕망을 보는 듯했다.

'이곳에 비하면 태극당은 애들 장난 수준이군.'

북궁천 일행은 일단 위로 올라가 봤다. 절벽 길을 따라 올라가자 협곡 아래쪽이 멀리까지 보였다.

하지만 아무리 눈을 돌려 협곡을 둘러봐도 추룡당 무사들은 보이지 않았다.

운봉사까지 올라간 북궁천은 육대기나 추룡당 무사들을 찾지 못했지만 후회되지는 않았다.

'정말 멋지군.'

면산의 협곡을 둘러본 그는 올라온 김에 부처상을 보고 소원을 빌었다.

제발 현원려려가 아직 혼자이기를. 자신을 잊지 않고 있기를…….

물론 이정한 등이 들으면 이상하게 생각할까 봐 속으로

만 빌었다.

그 때 좌측에 있는 불전의 문이 열리더니, 몇 사람이 밖으로 나왔다.

무심코 고개를 돌린 북궁천은 나오는 사람들을 보고 눈빛이 깊어졌다.

중년승 둘이 먼저 나오고, 뒤를 이어 노승과 네 명의 속인이 나오고 있었다.

속인 중 둘은 여자였고, 둘은 삼십 대 중후반의 중년 남자였다.

두 중년인은 도와 창을 지니고 있었는데, 범상치 않은 고수들이었다.

게다가 두 여인 중 하나는 서른 살쯤 되는 미인으로, 그녀 역시 고수라 할 만한 기운을 내포하고 있었다.

그리고 나머지 한 여인. 그녀는 십 대 중반의 소녀였는데, 면산의 절세 풍광조차 퇴색될 정도로 아름다웠다.

'누구지?'

밖으로 나오던 그들도 북궁천 일행을 발견하고 표정이 각양각색으로 변했다.

소녀는 키가 큰 북궁천이 신기한 듯 눈빛을 반짝이고, 서른가량의 여인과 두 중년인은 적을 맞이한 사람처럼 표정이 굳어졌다.

하지만 소녀는 곧 시선을 돌리고 중년승과 노승을 향해

합장을 했다.

"대사님, 그럼 다음에 뵐게요."

"허허허, 멀리 가지 않겠소이다. 모친께서 건강을 빨리 되찾기를 이 늙은 땡초도 빌어 드리겠소이다."

"고마워요."

소녀는 얼굴에 수심이 가득했지만, 억지로 밝은 표정을 지으며 대답하고 몸을 돌렸다.

"그만 가요."

소녀의 말에 서른 살쯤의 여인이 한쪽을 향해 소리쳤다.

"아가씨께서 출발 하신다는데 뭐 하고 있느냐?"

그녀의 목소리가 끝나기도 전에 불전 뒤쪽에서 두 사람이 가마를 들고 뛰어나와 소녀 앞에 내려놓았다.

소녀는 붉게 칠해진 가마에 올라타고는, 힐끔 눈을 돌려 북궁천을 바라보았다.

그녀가 자꾸 북궁천 일행에게 신경을 쓰자, 중년인 중 도를 찬 자가 동료에게 눈짓을 보내고 북궁천 일행이 있는 곳으로 다가왔다.

그는 북궁천과 이정한 등을 탐색하듯이 둘러보더니 싸늘한 어조로 물었다.

"자네들은 누군가? 이곳은 무사들이 자주 오는 곳이 아닌데, 무슨 일로 왔지?"

아랫사람처럼 대하는 그의 말투에 북궁천이 툭 쏘아붙였

다.

"그러는 댁은 무사가 아니오?"

중년인은 느닷없이 한 방 맞은 사람처럼 눈을 치켜뜨고 북궁천을 노려보았다.

"젊은 친구의 입심이 보통이 아니군."

"오는 말이 고와야 가는 말이 고운 법이오."

중년인의 눈이 가늘어졌다.

"좋아, 이곳은 다툴 만한 곳이 아니니 그에 대해선 더 이상 따지진 않겠다. 대신 네 이름을 말해 봐라."

"귀하부터 말해 보시오."

중년인의 가늘어진 눈에서 한광이 쏟아졌다. 하지만 그는 자신이 말한 대로 이곳에서 싸울 수 없기에 꾹 참았다.

"나는 엽청문이라 한다. 강호의 친구들은 구전도(九電刀)라고 불러 주지."

그가 별호까지 말해 줬건만, 북궁천은 고개를 돌려 소녀와 다른 사람들을 바라보았다.

중년인, 엽청문의 눈초리가 역팔자로 꺾어졌다. 금방이라도 귀에서 연기가 솟구칠 것 같았다.

'이 자식이 나를 놀리나?'

그 때 북궁천이 입을 열었다.

"나는 단화린이라 하오. 저분들의 이름은 어떻게 되오? 저분들도 내 이름을 알았으니 나도 저분들이 누군지 알아야 할 것 아니요?"

엽청문은 조금 전의 복수를 하듯 냉랭히 말하며 돌아섰다.

"그건 알 것 없다."

가마에 타고 있던 소녀가 그 모습을 보고 미소를 지었다.

"엽 아저씨, 그만 가요."

잠시나마 수심이 걷힌 그녀의 모습은 지나가던 새들이 고개를 돌릴 정도로 아름다웠다.

북궁천은 그런 소녀를 보고 더욱더 헌원려려가 떠올라 가슴이 아릿했다.

그녀의 어렸을 때 모습이 저러지 않았을까?

'려려도 가끔 저렇게 웃을 때가 있었는데…….'

그럴 때마다 그는 세상이 정지되기만 바랐었다. 그러나 그도 잠시뿐, 그녀는 곧 깊게 가라앉아 그를 하염없이 기다리게 했었다.

지금은 그조차도 볼 수가 없지만.

북궁천은 입가에 쓴웃음을 매단 채 시선을 돌렸다.

"운 좋은 줄 알아라, 애송이."

엽청문은 혼을 내지 못한 것이 아쉽다는 투로 말하고 소녀가 있는 곳으로 돌아갔다.

곧 서른가량의 여인이 휘장을 내리고, 기다렸다는 듯 두 장한이 가마를 들었다.

그런데 두 장한이 두어 걸음 옮겼을 때, 소녀가 가마에 처진 휘장을 젖히고 불쑥 말했다.

"제 이름은 공손설이에요."

"저 사람보다 훨씬 좋은 이름이군."

북궁천의 말에 소녀는 큭 소리를 내며 웃더니 휘장을 내렸다.

반면 엽청문은 죽일 듯이 북궁천을 노려보며 떠나갔다.

공손설을 태운 가마가 까마득히 멀어질 즈음, 이정한이 굳은 표정을 풀고 물었다.

"대형, 방금 그들이 누군지 아십니까?"

"한 사람은 엽청문이고, 꼬마 계집애는 공손설이라는군."

너무 태연한 대답에 이정한은 북궁천을 빤히 바라보았다.

"구전도(九電刀) 엽청문이라는 이름 못 들어 봤어요?"

"처음 듣는데?"

"백혼일관(百魂一貫) 양태규는요?"

"모르는데?"

"후우, 그럼 공손설은요?"

"그 꼬마 계집아이?"

'억! 공손설에게 꼬마 계집애라니!'

이정한은 화들짝 놀랐다.

그러나 헌원려려가 가슴에 가득 들어차 있는 북궁천에게

는 그저 예쁜 꼬마 계집아이일 뿐이었다.

"그 아이 이름도 오늘 처음 들었네."

처음 들었다는데 뭐라고 하랴.

이정한과 동호량, 초강은 한숨이 연이어 나왔다. 아무래도 이러다가 제 명에 죽지 못할 것 같았다.

아무리 북궁천을 존경한다지만, 염라사자가 내민 밧줄을 목에 걸고 다닌다는 것은 심각하게 고민해 볼 일이 아닐 수 없는 일이다.

"저기, 대형. 엽청문과 양태규는 철군성주 철혈검군의 호법무사인 철군십위(鐵君十衛) 중에 속한 사람입니다. 그리고 그 여인도 철군십위에 속한 백화선자 같았고요."

북궁천은 철군성이라는 말에도 눈 하나 깜짝하지 않았다.

"그래? 그럼 공손설은?"

"그녀는 철혈검군(鐵血劍君) 공손무극의 막내딸입니다."

그제야 북궁천이 놀란 표정을 지었다.

"딸? 공손무극은 환갑이 넘었다고 들었는데, 그럼 언제 낳은 거야? 오십이 다 되어서 낳았단 말이잖아?"

놀란 이유가 그것 때문이었나? 공손무극의 뛰어난 정력에 감동해서?

"칠십에 자식을 본 사람도 있는데요, 뭐."

이정한은 불퉁거리듯이 대답하고 말을 돌렸다.

"그건 그렇고, 이제 어떻게 하실 겁니까?"
"어떡하긴? 저 위로 올라가서 주위를 좀 둘러보자고."

북궁천은 잔도를 통해 정상까지 올라갔다.
눈앞에 끝없이 펼쳐진 면산의 장대한 능선을 바라보던 그는 조금도 망설이지 않고 수색을 포기하기로 했다.
대충 뒤진다 해도 몇 달은 걸릴 것 같았다. 게다가 능선은 수백 리나 뻗어 있었다.
태행산과 왕옥산까지 모두 뒤질 수는 없는 일. 대협 소리를 듣지 못하는 한이 있어도 산속에서 몇 년씩이나 썩을 수는 없었다.
'천하의 어떤 대협도 이 넓은 산중을 모두 뒤져 보지는 못 하겠군.'
나름대로 정당성을 내세운 그는 이정한 등에게 말했다.
"굴속에 숨은 너구리도 언젠가는 밖으로 기어 나오는 법이지. 놈이 누군지 대충 짐작하고 있으니 일단 내 일을 먼저 처리하고, 그자가 밖으로 나왔다는 소문이 들리면 그때 다시 잡는 게 낫겠네."
이번에는 초강도 고집을 부리지 못했다. 이정한과 동호량이 노려보는데 고집을 피우면 당장 주먹이 날아들 것 같았다.
"그게 낫겠습니다, 대형."

이정한은 내심 안도하며 북궁천에게 물었다.

"짐작되는 사람이 누굽니까?"

"만수종 육대기. 전에 한 번 본 적이 있는데, 추룡당 무사들이 말한 인상착의가 그자와 비슷하네."

"만수종이라면 동물과 이야기도 할 수 있다는 괴인이 아닙니까?"

"그래, 그래서 포기하는 거네. 그자가 이렇게 넓은 산속에 숨으면 천하의 누구도 잡을 수 없을 거야. 짐승들이 다 그자의 귀와 눈이 될 테니까."

"아, 어쩌면 그래서 이곳으로 도망친 것인지도 모르겠군요."

"그런 것일지도 모르지. 일단 평요에 가서 추룡당 사람들에게 육대기에 대해서 말해 줘야겠네. 범인을 잡지는 못했지만 용의자만 알려 줘도 성의는 보인 셈이 되겠지."

"옳은 말씀입니다. 그럼 산을 내려가시죠."

고개를 끄덕인 북궁천은 면산의 깊은 계곡을 향해 소리쳤다.

"언제까지 숨어 있나 보자, 육!대!기!"

그의 목소리가 메아리치며 면산을 뒤흔들었다.

그런데 메아리가 스러질 즈음, 저 아래쪽에서 격렬하게 싸우는 소리가 꼬리를 물고 들려왔다.

한편, 육대기는 맑은 물이 졸졸 흐르는 계곡에서 양념이 잘된 육포를 느긋이 씹으며 흑옥불상을 구경했다.

'이게 뭔데 귀도맹주 복화가 그렇게 욕심을 내는 거지? 골동품에 일가견이 있는 자이니 분명 뭔가 있어서 욕심을 내는 걸 텐데…….'

부상을 치료하고 내려오던 중에 귀도맹 무사들을 만났다.

모두 십여 명이었는데, 희한하게도 전부 팔다리가 부러져서 제대로 걷지 못하는 자가 태반이었다.

그중 한 사람인 조곡은 안면이 있는 자여서 그에게 사정을 물었다. 조곡은 그에게 원기를 북돋는 단환을 하나 얻는 대가로 일의 전후 사정을 몰래 말해 주었다.

태행산 끝자락까지 가서 얻은 화령금각사의 내단을 뺏긴 것에 잔뜩 약이 올라 있던 그는 그것이라도 취하기로 작정했다. 귀도맹주 복화가 욕심을 내는 거라면 상당한 값어치가 있는 보물일 테니까.

상대가 용천보라는 게 조금 마음에 걸렸지만, 안 되겠다 싶거든 포기하면 그만 아닌가.

그런데 다행히 그 물건은 방치되다시피 한 상태여서 빼내는 것이 어렵지 않았다.

쾌재를 부른 그는 용천보의 추적도 피할 겸 곧장 친구가 살고 있는 면산까지 내려왔다.

일단 면산에 들어온 이상 용천보의 무사들이 모두 몰려온다 해도 걱정할 것이 없었다.

'낙양의 고금당에 가서 팔아야겠어. 송가라면 나를 속이진 않겠지. 백 냥만 받아도 경비는……'

그 때였다.

육…… 대…… 기……!

육대기는 멀리서 들려오는 메아리에 목뼈가 부러질 정도로 번쩍 고개를 쳐들었다.

"헉! 저 목소리는!"

안색이 창백해진 그는 몸을 부르르 떨었다.

들어 본 목소리다. 그것도 두 번이나.

한 번은 화령금각사를 쫓던 중에. 또 한 번은 내단을 가지고 도망치던 중에.

'저 씹어 먹을 놈은 나와 무슨 원수가 졌다고 여기까지 쫓아온 거야?'

상대는 관호명과 막상막하로 싸운 절대고수.

그는 원수 같은 그자를 대신해서 육포를 잘근잘근 씹으며 더 깊숙한 곳으로 발걸음을 옮겼다.

'저 새끼가 아무리 끈질겨도 침매곡까지 오지는 않겠지.'

*   *   *

싸우는 소리를 듣고 한달음에 운봉사로 내려온 북궁천 일행은 곧장 절벽 길을 따라 내려갔다.

싸우는 소리는 아래쪽에서 들리고 있었다.

구불구불한 길을 따라 내려가던 북궁천은 소리가 점점 급박해지자 이십여 장 아래쪽 길로 뛰어내렸다.

뒤따라가던 이정한 등은 그 모습을 보고 기겁해서 급박하게 멈춰 섰다.

"헉, 대형!"

하지만 북궁천은 그들의 염려가 무색하게 깎아지른 절벽을 몇 번 툭툭 차더니 순식간에 아래쪽 길에 내려섰다.

그 광경을 보고 혀를 내두른 이정한 등은 다시 걸음을 재촉했다.

"간 떨어질 뻔했네."

"좌우간 사람 놀라게 하는 데는 일가견이 있는 분이라니까."

"빨리 쫓아가죠."

한편, 공손설은 마차 안에서 창백하게 질린 표정으로 밖의 상황을 주시했다.

기습은 절벽 길을 거의 다 내려왔을 때 시작되었다.

오 장 높이의 절벽 위에서 뛰어내린 복면인들은 일언반구도 없이 공격해 왔다.

청의를 입은 자들의 숫자는 스무 명 정도. 그들의 공격은 톱니바퀴처럼 맞물려 돌아가며 한 치의 빈틈도 없었다.

가마를 멨던 두 무사는 이미 피를 흘리며 쓰러진 상태.

엽청문과 양태규, 백화선자는 전력을 다한 반격으로 세 명을 쓰러뜨렸지만 적의 공격은 약화될 줄 모르고 점점 더 거세졌다.

서너 명의 합공으로 절정고수인 철군십위를 궁지로 몰아넣는 실력.

한 점 동요도 없는 얼음 구슬처럼 싸늘한 눈빛.

엽청문의 폭풍 같은 도세도, 양태규의 만변하는 창도 그들을 물러서게 하지 못했다.

"으윽, 빌어먹을!"

제일 먼저 백화선자가 신음을 흘리며 뒤로 물러났다.

갈라진 어깨에서 흘러나온 피가 그녀의 백의 경장을 적시고 다리까지 흘러내렸다.

하지만 그녀는 그 와중에도 연검을 가슴 높이로 들고서 가마에 바짝 붙어 섰다.

"아가씨, 나오지 말고 안에 계세요!"

마음이 다급해진 엽청문은 풍차처럼 도를 휘돌리며 적을 물러서게 하고는 악을 쓰며 다그쳤다.

"이놈들! 이 가마에 타고 있는 분이 누군 줄 알고 공격하느냐!"

그러나 적도 가마의 주인이 누군 줄 알기에 공격하는 것
이었다.

"공손 늙은이의 딸이라는 사실쯤은 알고 있으니 소리 지
를 것 없다, 엽청문."

복면인 중 하나가 조소에 가까운 어조로 말했다.

장대한 체구, 오만한 눈빛. 싸움에 끼어들지 않고 지켜보
는 것이 그가 복면인들 중 수장인 듯했다.

엽청문은 그의 말을 듣고 가슴이 섬뜩했다.

자신들을 알고 공격했다는 것은 그만한 목적이 있다는
뜻.

"네놈들은 누구냐?"

"그건 지옥에 가서 알아봐라. 뭐 하느냐? 계집을 잡아라."

순간, 잠시 주춤했던 복면인들이 세 사람을 향해 달려들
었다.

또다시 필사의 격전이 벌어졌다.

쉬아아악!

엽청문의 도가 기음을 일으키며 대기를 갈랐다.

슈슈슈슉! 좌르르륵!

양태규의 장창이 허공에 구멍을 숭숭 뚫으며 복면인들을
몰아쳤다.

복면인들은 눈 한 번 깜박이지 않고 두 사람의 공세 속으
로 뛰어들었다.

쩌저저정! 좌르릉!

병장기 부딪치는 소리가 절벽을 울리며 메아리치고, 상황은 급속도로 악화되었다.

엽청문은 복면인들 중 하나의 허리를 가르는 대가로 허벅지가 갈라졌다. 뒤이어 날아든 검은 그의 팔뚝을 스치고 지나갔다.

그는 이를 부서지도록 악물고 혼신의 힘을 다해 도를 휘둘렀다.

시퍼렇게 뻗어 나간 도기가 회오리바람을 일으키며 복면인들의 공세를 차단했다.

그러나 복면인들은 한 걸음도 물러서지 않고, 오히려 빈틈을 노리며 더욱 강하게 압박했다.

'젠장! 대체 어떤 놈들이⋯⋯!'

그는 주춤주춤 뒤로 물러나며 양태규의 상황을 슬쩍 살펴보았다.

양태규의 상황은 더욱 급박했다.

섬전처럼 뻗어 간 창이 복면인의 가슴을 꿰뚫은 순간, 복면인은 자신의 가슴을 뚫은 창을 붙잡고 괴이하게 웃었다.

동시에 또 다른 복면인 둘이 좌우에서 달려들며 양태규의 목과 가슴을 노렸다.

양태규는 교묘하게 몸을 틀며 양쪽의 공격을 피했다.

그 때 간발의 시간 차를 두고 검 한 자루가 등으로 날아들었다.

피할 틈도 없이 등에 틀어박히는 시퍼런 검첨!

"크억!"

억눌린 신음을 토해 낸 양태규는 복면인을 꿴 채 창을 휘둘렀다.

핏줄기가 호선을 그리며 허공에 뿌려지고, 창에 꿰뚫렸던 자가 한쪽으로 날아갔다.

그 때였다.

서걱!

골육의 절단음과 함께 양태규의 왼팔이 어깨에서 떨어져 나갔다.

절단된 그의 팔에서 분수처럼 뿜어지는 핏줄기!

가슴 저 깊은 곳에서 고통에 찬 비명이 터져 나왔다.

"끄어억!"

"양 형!"

엽청문은 악을 쓰듯 외치며 양태규 쪽으로 이동했다.

바로 그 때, 지켜보고 있던 장대한 체구의 복면인이 검을 빼 들고 가마를 향해 몸을 날렸다.

"어딜!"

백화선자는 부상이 심한 와중에도 검기를 일으켜 상대의 앞을 막았다.

복면인은 백화선자가 펼친 방어막을 검으로 내리쳤다.

쾅!

귀청을 찢는 굉음과 함께 백화선자의 몸이 주르륵 밀려나서 가마에 부딪쳤다.

그 모습을 본 공손설이 대경해서 소리쳤다.

“낭랑!”

“나, 나오지 마세…….”

백화선자는 팔을 뻗어서 밖으로 나오려는 공손설을 제지하고, 다가오는 복면인의 앞을 가로막았다.

“내 시신을 밟지 않고는…… 아가씨의 머리카락 한 올도 건드릴 수 없을 것이다.”

그녀가 이를 갈며 말할 때마다 입술 사이로 붉은 핏물이 주르륵 흘러내렸다.

장대한 체구의 복면인은 여유만만한 걸음걸이로 그녀에게 다가갔다.

“철군십위의 충성심은 하늘도 감복한다더니, 명불허전이야.”

나직이 말을 내뱉은 그는 검을 사선으로 들어올렸다.

푸르스름한 검기가 아지랑이처럼 피어오르더니 검첨에서 쭉 뻗어 나갔다.

그걸 본 백화선자의 눈이 튀어나올 것처럼 커졌다.

“거, 검강……?”

복면인의 두 눈 가장자리에 서너 줄기 주름이 졌다.

오만한 웃음..

"내 손에 죽는 걸 영광으로 알아라. 하늘에서 천신이 내려온다 해도, 너희는 오늘 염왕의 부름을 피할 수 없을 것이다. 후후후후."

그는 웃음을 흘리며 검을 들어 백화선자를 가리켰다.

백화선자의 몸이 사시나무처럼 떨렸다.

하지만 상대가 아무리 강하다 해도 목숨을 고스란히 내줄 수는 없는 일.

입술을 질끈 깨문 그녀는 두 손으로 연검을 잡고 선천지기까지 모조리 끌어 올렸다. 그러고는 눈을 부릅뜨고 복면인을 향해 몸을 날렸다.

'함께 죽자, 이놈!'

금방 쓰러질 것 같던 그녀가 시위를 떠난 화살처럼 날아드는데도 장대한 체구의 중년인은 조금도 당황하지 않았다.

그는 침착하게 원을 그리듯 검을 휘둘러서 백화선자의 연검을 휘감았다.

쩌러러렁.

검강의 기운을 감당하지 못한 연검은 백화선자의 손을 벗어나 허공으로 날아가 버렸다.

그리고 검을 놓친 그녀는 정신없이 뒤로 물러나서 가마에 몸을 기대고 한 모금의 피를 토해 냈다.

"우웩!"

복면인은 조소를 지은 채 걸음을 옮기면서, 핏물로 붉게 물든 그녀의 가슴을 검으로 가리켰다.

"아주 탐스러운 가슴이군."

최후의 공격마저 실패로 돌아간 상황. 백화선자의 얼굴에 절망이 떠올랐다.

"아가씨……."

그녀는 복면인의 검에서 뻗어 나온 기운에 가슴 옷자락이 갈라지는데도 피할 수가 없었다. 피하면 바로 뒤에는 공손설이 있는 것이다.

그런데 바로 그 때였다.

"멈춰요!"

공손설이 소리치며 가마 안에서 뛰어나왔다.

장대한 체구의 복면인은 백화선자의 속살을 보기 직전에 검을 멈추고 공손설을 바라보았다.

"내가 왜 멈춰야 하지?"

"낭랑과 엽 아저씨를 살려 주면 제가 따라가겠어요. 설마 제 시신을 가져가려고 온 것은 아니겠지요?"

"물론이다."

장대한 체구의 복면인이 순순히 답한 순간, 공손설의 손이 소매 속에서 나왔다.

그런데 그녀의 손에는 날이 선 비수가 들려 있었다.

그녀는 비수를 목에 대고 말했다.

"당장 멈추지 않으면, 당신도 내 시신을 가져가야 할 거예요. 그럼 당신을 보낸 사람은 결코 당신을 용서치 않을 거예요. 당신들이 아무리 강하다 해도, 분노가 극에 달한 철군성을 상대하는 일은 쉬운 일이 아닐 테니까요."

장대한 체구의 복면인은 그 말을 듣고 눈살을 찌푸리더니, 다른 복면인들을 향해 손을 흔들었다.

엽청문을 죽음 직전까지 몰아넣던 복면인들이 썰물처럼 뒤로 물러났다.

"똑똑하다는 말을 듣긴 했다만, 그런 용기까지 있을 줄은 몰랐군. 좋다, 저들을 살려 줄 테니 너는 비수를 던지고 나에게로 와라."

공손설은 온몸이 피로 물든 엽청문과 백화선자를 돌아다보았다. 양태규는 죽었는지 꼼짝도 않고 있었다.

그녀의 비수를 쥔 손이 잘게 떨렸다.

'부처님, 저를 돌봐 주세요.'

마음속으로 부처에게 빈 그녀는 목에서 비수를 천천히 떼었다.

그런데 그녀가 막 걸음을 떼려고 할 때였다.

"잠깐 기다려!"

하늘에서 낭랑한 목소리가 울리더니, 한 사람이 공손설의 옆에 유령처럼 내려섰다. 북궁천이었다.

"꼬마야! 조금 전에 누가 염왕이라고 헛소리를 지껄였지?"

공손설은 멍한 눈으로 그를 바라보았다.

"왜 그렇게 봐? 누가 그랬냐니까?"

순간, 공손설의 두 눈에 눈물이 가득 고였다.

목숨이 오락가락하는 상황인데도 이상하게 마음이 안정되었다. 너무 뜬금없는 말에 긴장이 풀린 건지 자신도 모르게 눈물이 나왔다.

그녀의 눈물을 본 북궁천은 홱 고개를 돌려 장대한 체구의 복면인을 노려보았다.

"당신인가 보군. 당신이 이 애를 울렸나?"

장대한 체구의 복면인은 어이가 없었다.

잠깐 여유를 부리는 바람에 상대가 나타나는 것을 놓치긴 했지만, 나타난 놈이 젊은 놈인 걸 알고 그다지 마음에 두지 않았다.

그런데 말하는 투를 보니 제정신이 아닌 놈 같았다.

"네놈은 누구냐?"

"나? 천신."

"뭐?"

"그리고 대협이 되고 싶은 사람."

"미친놈!"

"하늘에서 천신이 내려와도 염왕의 부름을 피할 수 없다고? 어디 피할 수 있는지 없는지 한번 볼까?"

북궁천은 씩 웃으며 옆구리의 검을 잡아 뽑았다.

그리고 복면인만큼이나 어이없는 표정을 짓고 있는 엽청문과 백화선자에게 말했다.

"당신들까지 다 구할 수는 없으니 이해하시고, 알아서 살아나시오."

어차피 두 사람으로선 다른 길이 없었다. 공손설을 구할 수만 있다면 열 번이라도 목숨을 던질 수 있었다.

"우리 걱정은 마…… 시고, 아가씨를 구해 줘요."

백화선자 능소소는 전처럼 반말로 대꾸하다가 말투를 바꿨다.

빠져나올 수 없는 늪에 빠진 상태. 조금은 못 미더워 보이지만 지푸라기라도 잡고 싶은 심정이었다.

엽청문도 입술을 질겅질겅 깨물고 고개를 끄덕였다. 처음에는 어설프게 의협을 행하겠다고 뛰어든 애송이가 아닌가 싶었는데 왠지 느낌이 이상했다.

태연한 행동, 흔들림 없는 눈빛.

자신의 경험으로 봐선 둘 중 하나였다.

예상치 못했던 고수, 아니면 진짜 미친놈.

그는 북궁천이 제발 고수이기만 바라며 말했다.

"네가 아가씨만 구해 주면 죽어서라도 은혜를 잊지 않으마."

“좋소! 그럼 시작해 볼까?”

호쾌하게 소리친 북궁천은 느닷없이 왼손을 뻗어서 공손설을 낚아채더니, 전력을 다해 몸을 날렸다.

“어마!”

그 상황에서도 공손설은 외마디 소리를 비명처럼 내질렀다.

“꽉 잡아!”

북궁천은 공손설을 다그치고 시위를 떠난 화살처럼 날아갔다.

멍하니 있다가 뒤통수를 맞은 격.

“네놈이 어디서 감히!”

장대한 체구의 복면인은 노성을 내지르며 북궁천을 쫓아서 신형을 날렸다.

뒤에 남았던 복면인들도 일제히 그들의 뒤를 쫓아갔다.

공손설을 놓치면 끝장이었다. 다 죽어 가는 엽청문과 능소소를 죽이겠다고 머물 여유가 없었다.

잔뜩 긴장하고 있다가 그들이 떠나는 바람에 둘만 남게 된 엽청문과 능소소는, 긴장감이 풀리면서 갑자기 몰려드는 극렬한 고통에 몸을 후들후들 떨었다.

그 때 절벽 길 위쪽에서 이정한 등이 뛰어 내려왔다.

“괜찮으십니까?”

그들이 북궁천의 일행임을 알아본 엽청문은 악착같이 버

티고 서서 고개를 끄덕였다.

하지만 능소소는 더 버티지 못하고 가마에 기대며 주저앉았다.

그 모습을 본 이정한은 깜짝 놀라서 급히 달려가 그녀를 부축했다.

"잘 잡아. 앞이 안 보이니까 머리는 숙이고!"

북궁천은 공손설을 다그치며 자신의 독문신법인 승천무풍행(昇天無風行)을 펼쳐 오 리를 달렸다.

맞서 싸워도 질 마음은 눈곱만큼도 없었다. 공손설만 아니어도 도망칠 이유가 없었다. 하다못해 적의 숫자만 적었어도.

그러나 지금은 공손설을 구하는 게 먼저였다.

자신이 장대한 체구의 중년인과 맞붙는 사이 다른 자들이 그녀를 공격하면 차단하기가 쉽지 않았다.

일단은 거리를 벌려 놓고 대처하는 수밖에.

그리고 자신이 공손설과 함께 그곳을 떠나면 다른 사람도 안전해지지 않겠는가. 그들의 목적은 공손설이니까.

'이 꼬마가 려려면 참 좋을 텐데…….'

그 때 빨개진 얼굴을 북궁천의 가슴에 묻고 있던 공손설이 무안함을 떨치기 위해 나직이 물었다.

"벗어날 수는 있겠어요?"

"그게 쉽지 않을 거 같다. 저 양반의 걸음이 워낙 빨라서 말이지."

'네 엉덩이도 생각보다 무겁고.'

북궁천은 차마 그 말은 하지 못하고 땅을 박찼다.

그가 말한 대로 장대한 체구의 복면인과 거리가 조금씩 가까워졌다.

하지만 복면인의 신법이 빨라서 거리가 좁혀지는 것만은 아니었다. 북궁천 자신이 원해서 좁혀지는 것이었다.

아무리 공손설 때문이라 해도 그렇지, 자존심 상하게 꽁지 말고 무작정 도망칠 순 없는 일 아닌가 말이다.

'어디 한번 식은땀 좀 흘려 봐라, 덩치.'

단숨에 오백여 장을 달린 북궁천은 앞에 사람 키만 한 바위가 보이자 왼발을 바위에 딛고 멈춰 섰다.

그리고 공손설을 내려놓은 후 허공으로 솟구쳤다.

"너는 계속 가라!"

뒤쫓아 오던 장대한 체구의 복면인은 눈을 번뜩이며 득의의 고함을 내질렀다.

"이놈! 어디 더 도망가 보지 그러느냐!"

북궁천은 허공에서 빙글 돌며 몸을 거꾸로 세우고는 복면인을 향해 떨어져 내리며 검을 뻗었다.

장대한 체구의 복면인은 단숨에 북궁천의 몸을 가르겠다

는 듯 마주 검을 뻗었다.

찰나간에 벌어진 세 번의 격돌!

쩌저저정! 콰광!

두 사람의 검은 직접 부딪치지도 않았는데 허공이 터져 나갔다.

북궁천은 뒤로 날아가 바위 위에 표표히 내려서고, 장대한 체구의 복면인은 삼 장을 뒤로 날아간 후 비틀거리며 두 걸음을 물러섰다.

장대한 체구의 복면인은 자신이 밀렸다는 게 믿어지지 않는지 눈을 부릅뜬 채 북궁천을 노려보았다.

그 때 북궁천이 다시 신형을 날리며 그를 공격했다.

고오오오오!

가공할 경력이 해일처럼 밀려들자, 장대한 체구의 복면인은 전 공력을 검에 쏟아 부었다.

일순간, 그의 검첨에서 다시 시퍼런 검강이 솟구쳤다.

"와라, 이놈!"

자신감이 생긴 그는 북궁천을 향해 마주쳐 갔다.

찰나! 시퍼런 검강과 묵빛 해일이 뒤엉켰다.

콰과과광!

연이어 굉음이 울리며 면산을 뒤흔들었다.

그 직후 두 사람이 뒤로 튕겨지듯이 날아갔다.

일 장을 날아 바위 앞에 내려선 북궁천은 검을 가슴 높이로 들어 올렸다.

땅에 내려선 후 쿵쿵거리며 세 걸음을 물러선 복면인이 그를 보며 눈빛을 파르르 떨었다.

"어떻게 이런 개 같은 일이……."

"그 정도에 놀라면 내가 섭섭하지."

북궁천은 담담히 답해 주며 묵혼을 느릿하게 들어 올렸다.

그사이 세 명의 복면인이 바로 뒤까지 쫓아왔다.

"저희가 맡겠습니다, 령주!"

그들 중 하나가 소리치고, 세 사람이 장대한 체구의 복면인을 스쳐서 북궁천을 향해 날듯이 달려갔다.

"조심해라! 보통 놈이 아니다!"

장대한 체구의 복면인이 다급히 주의를 주었다.

북궁천은 달려오는 세 사람을 보며 검을 가슴에서 일자로 눕혔다.

그리고 상대와의 거리가 이 장이 되자, 한 걸음 앞으로 내디디며 검을 가로로 그었다.

천천히.

쩍!

직접적으로 소리가 나지는 않았지만, 보는 사람의 귀에는 그런 환청이 들린 듯했다.

허공이 일자로 갈라지는 소리가!

한 사람은 심상치 않음을 느끼고 급히 땅을 박차며 허공
으로 솟구쳤다.

그러나 두 사람은 미처 피하지 못했다.

순간, 이 장 안으로 들어선 두 사람의 가슴이 쩍 갈라지
고, 낫에 잘린 볏단처럼 무너지는 그들의 가슴에서 피분수
가 뿜어졌다.

"큭!"

"꺼억!"

북궁천은 일자패천검(一字覇天劍)으로 두 복면인을 처리
하고 허공에서 떨어지는 자를 향해 좌권을 뻗었다.

후웅! 쾅!

"크억!"

일 장 허공에서 검을 내려치려던 그자는 비명을 내지르며
튕겨졌다.

북궁천이 청의복면인들을 쓰러뜨리는 동안 나머지 청의
복면인들이 장대한 체구의 복면인 바로 뒤까지 다가왔다.

북궁천은 뒤로 미끄러지듯이 물러나며 공손설을 향해 몸
을 날렸다.

제법 먼 거리를 달린 그녀를 순식간에 따라잡은 북궁천
은 그녀의 허리를 향해 손을 뻗었다.

"잘했어. 꽉 잡아."

공손설은 기다렸다는 듯 찰싹 달라붙어서 북궁천이 신법

을 펼치는 데 방해가 되지 않도록 조심했다.

"저 죽일 놈이……!"

장대한 체구의 복면인은 이를 갈며 다시 그를 추적했다. 뒤따라온 복면인 열두 명도 그를 따라서 또 달렸다.

그리고 잠시 후. 북궁천은 또 공손설을 먼저 보내고는 앞서 달려오는 장대한 체구의 중년인을 맞이했다.

"자, 또 한 번 해볼까?"

그 후의 결과는 전과 비슷했다.

똑같은 상황이 세 번 연속되자 청의복면인의 숫자가 여섯으로 줄었다.

장대한 체구의 중년인도 복면 사이로 가느다란 피가 흐르고, 터져 나간 옷 여기저기가 붉게 물든 상태였다.

그는 북궁천과 공손설이 면산을 벗어나자 더 이상의 추적을 포기하고 걸음을 멈췄다.

분노로 가슴이 터질 것 같았다. 하지만 잡을 수 없는 놈을 잡겠다고 자신의 모든 것을 걸 수는 없는 일.

으드득, 이를 간 그는 저 멀리 서 있는 북궁천을 노려보며 가슴이 펄펄 끓는 목소리로 말했다.

"돌아간다. 오늘의 실패에 대한 모든 책임은 내가 질 것이다."

북궁천은 언덕 위에 서서 그들이 떠나가는 모습을 바라
보았다.

"흐음, 눈치가 빠르군. 한 번만 더 쫓아오면 깨끗이 청소
하려고 했더니……."

바짝 붙어 서 있던 공손설은 힐끔 북궁천을 올려다보았다.

북궁천이 그녀의 시선을 느끼고 고개를 숙이며 물었다.

"어쩌다 저렇게 독한 자들과 싸우게 된 거냐? 누구야?"

청의복면인들은 동료의 죽음을 보고도 눈빛 한 점 변하
지 않았다.

냉혈을 지닌 사람처럼.

게다가 그들이 지닌 기운에서는 마기마저 느껴진 터였다.

그런데 공손설이 보기에는 그가 몇 배 더 지독했다. 저 지
독한 자들에게 악몽을 선사한 사람이 아닌가.

"저도 어떤 자들인지 모르겠어요. 그보다 낭랑과 엽 아저
씨는 어떻게 되었을까요?"

그녀는 긴장이 완전히 풀어지자 두고 온 사람들이 걱정되
었다.

"너무 걱정 마라. 복면을 뒤집어쓴 놈들이 전부 우리를
따라왔잖아?"

"그래도 부상이 심하셨는데."

"아우들이 그들을 도왔을 거야."

"아, 맞아. 단 공자께 일행이 있었죠?"

그제야 공손설의 표정이 밝아졌다.

"저를 집까지 데려다 주시면 아버님께서 큰 상을 내리실 거예요."

그녀는 당연히 북궁천이 함께 갈 거라는 듯이 그렇게 말했다.

하지만 북궁천은 큰 상도 반갑지 않았다.

"내가 왜 너를 집에까지 데려다 줘야 한단 말이냐?"

"강호의 협사가 연약한 여자를 위험한 곳에 그냥 놔두시겠다는 거예요?"

그녀의 말에 가슴이 뜨끔한 북궁천은 대답을 얼버무렸다.

"뭐 꼭 그렇다는 건 아니고…… 그런데 협사면 너를 집까지 데려다 줘야 하는 거냐?"

"그야 당연하죠. 더구나 자신의 입으로 대협이 되고 싶은 사람이라고 하셨잖아요. 대협이 되려면 나이 어린 여자를 보호하는 것 정도는 기본이죠."

말 한 마디를 꼬투리 삼아서 족쇄를 채우려 하다니.

북궁천은 공손설이 만만치 않게 느껴졌다.

'이제 보니 겉은 새끼 양처럼 순한데, 속은 여우군.'

그는 일단 상황을 돌리기 위해서 고개를 면산 쪽으로 돌렸다.

"놈들이 떠났으니 가 보자."

협곡의 입구에 도착할 무렵, 저 멀리서 이정한 등이 내려
오는 게 보였다.
　이정한이 능소소를 업고, 초강이 엽청문을 업고 있었는
데, 북궁천과 공손설을 보고는 환한 표정으로 걸음을 빨리
했다.

第九章

황하(黃河)는 도도히 흐르고

공손설 일행과 함께 평요로 들어간 북궁천은 일단 추룡당의 무사를 찾아보았다. 그들을 찾는 것은 어렵지 않았다.

추룡당 무사 두 사람이 평요의 성문 근처에서 오가는 사람을 감시하고 있었으니까.

북궁천은 그들에게 범인의 인상착의가 육대기와 비슷하다는 것을 알려 주었다. 그리고 사마주광에게 자신이 그냥 떠날 수밖에 없는 이유를 전하라고 했다.

북궁천이 그 일을 마무리하는 동안 동호량이 쌍두마차 한 대를 구했다. 당연히 돈은 철군성 쪽에서 지불했다.

마차를 구한 후 간단히 식사를 마친 그들은 마차에 공손설과 능소소, 엽청문을 싣고 남쪽으로 내려갔다.

북궁천은 철군성까지 갈 마음은 없었다.

임분(臨汾)에 철군성 지부인 옥검문이 있다고 했다. 그곳
까지만 가면 공손설 일행의 안전을 걱정하지 않아도 될 것
같았다.

북궁천이 장대한 체구의 복면인에 대해서 들은 것은 하루
가 지난 후, 냇가에서 잠시 쉴 때였다.

어느 정도 몸을 추스른 능소소가 북궁천에게 물었다.

"공자와 싸운 자가 누군지 아세요?"

그녀는 이제 북궁천에게 함부로 말하지 않았다. 오히려
사람을 제대로 보지 못한 자신을 자책하며 스스로 아랫사
람인 것처럼 북궁천을 대했다.

"짐작 가는 자라도 있소?"

"아무래도 웅산검호(熊山劍豪) 곽전유 같아요."

그녀의 말에 북궁천을 제외한 모두가 해연히 놀란 표정을
지었다. 특히 엽청문은 눈이 튀어나올 것처럼 커졌다.

웅산검호 곽전유는 하남에서 가장 강한 열 명의 고수를
꼽을 때 항상 이름이 거론되는 고수였다. 또한 정파의 검객
으로 알려진 자였다.

"그게 정말이야, 소 매?"

"아직 확실치는 않아요. 다만, 그가 천천히 검을 뻗을 때

무명지 마디 하나가 잘린 걸 봤어요. 제가 알기로 곽전유는 과거 검왕 백리진과의 대결에서 손가락 한 마디가 잘렸다고 했어요. 그래서 그가 아닐까 생각한 거죠."

검강을 자연스럽게 펼칠 줄 아는 검의 고수는 강호 전체를 통틀어도 이삼십 명에 불과하다. 그러한 고수 중 무명지가 잘린 사람이 몇이나 될 것인가.

"그런데 그자가 왜 산서까지 와서 아가씨를 납치하려고 한 거지?"

엽청문은 도무지 알 수 없다는 표정으로 중얼거렸다.

그에 대한 대답은 공손설이 했다.

"아버지께서 언젠가부터 고민하시던 일이 있는데, 그 일과 관련되었을지 모른다는 생각이 들어요."

북궁천의 눈이 그녀를 향했다.

"무슨 고민인데?"

"저도 잘 몰라요. 제가 무슨 고민이냐고 여쭤 볼 때마다 쓴웃음만 지으시며 걱정 말라고 하셨거든요."

"그런데 왜 그 일과 관련되었을 거라 생각한 거지?"

"그냥 예감이 그래요. 왠지 좋지 않은 예감 같은 거……."

북궁천이 그녀의 말에 입술을 비틀었다.

"쪼그만 게 예감은 무슨……."

"피이, 오빠는…… 아니, 단 공자님은 제 예감이 얼마나 뛰어난지 몰라서 그런 말씀하시는 거예요."

"뛰어나 봤자 꼬마 계집아이의 예감이 얼마나 뛰어나겠냐?"

"너무 그러지 마세요. 저도 열여섯 살이나 된단 말이에요."

"열여섯? 훗, 스무 살 되면 할망구 흉내 내겠군."

"쳇, 남들은 이제 시집가도 되는 나이라고 하는데……."

"네가 아무리 그래 봐야, 내 눈에는 그냥 막냇동생 같은 꼬마일 뿐이야."

순간 공손설의 눈빛이 샛별처럼 반짝였다.

"좋아요, 그럼 앞으로는 저도 단 공자라고 안 부르고 오빠라고 부를 거예요. 그래도 괜찮죠?"

뭔가 이상하다. 잘은 모르겠지만.

그래도 일단 싫지는 않으니 그러라고 했다.

"맘대로 해. 없던 여동생 하나 생긴 셈 치지, 뭐."

형제 하나 없이 살아온 그로선 항상 형제가 많은 사람들이 부러웠다. 이정한 등과 쉽게 호형호제한 것도 그래서였는데, 여동생이 하나쯤 있는 것도 괜찮을 것 같았다.

열여섯 소녀에게 '여동생과 오빠'가 어떤 의미라는 것도 모르면서.

*　　*　　*

공손설 일행을 태운 마차는 평요를 출발한 지 사흘 후 임분에 도착했다. 다행히 그곳에 도착할 때까지 더 이상의 습격은 없었다.

임분으로 들어간 그들은 철군성 지부인 옥검문으로 향했다.

이정한이 마차를 몰았는데, 그는 옥검문을 잘 아는 듯 다른 사람의 말을 듣지 않고도 알아서 방향을 잡았다.

마차가 옥검문의 정문 앞에 멈추자 정문 위사 두 사람이 목에 잔뜩 힘을 주고 다가왔다.

"무슨 일이오?"

이정한은 그보다 더 목에 힘을 주고 대답했다.

"공손설 소저께서 당도하셨소. 안에 부상당한 분이 타고 계시니 정문을 활짝 열고 문주께 보고를 올리시오!"

위사는 눈을 껌벅이더니 곧 공손설이라는 이름의 의미를 깨닫고 안색이 창백해졌다.

"공손설 소저라면…… 본 성의 넷째 소저?"

"어허! 어서 문을 열지 않고 뭐 하는 거요?"

정문 위사는 부랴부랴 쪽문을 통해 안으로 들어가더니 정문을 활짝 열었다.

이정한은 어깨에 잔뜩 힘을 주고 마차를 몰았다.

그 모습을 보고 북궁천이 피식 웃었다.

"제법인데?"

정문을 통과한 마차는 연무장을 가로지른 다음 옥검전 앞에 도착해서야 멈췄다.

"소저, 다 왔습니다. 내리시지요."

동호량이 재빨리 마차 문을 열어 주자 공손설이 밖으로 나왔다. 뒤를 이어 엽청문이 나오고, 능소소가 힘겨운 표정으로 몸을 내밀었다.

그 때 언제 마부석에서 내렸는지 이정한이 그녀를 향해 척, 팔을 내밀었다.

"제 팔을 잡으십시오."

"고마워요."

동호량과 초강이 힐끔거리며 쳐다봤지만 이정한은 꿈쩍도 하지 않았다.

그사이 많은 사람들이 마차를 향해 몰려왔다. 그중에는 옥검문의 문주인 이웅조도 있었다.

"허허허, 우리 아름다운 조카께서 이곳에 어인 일이실까?"

공손설을 향해 웃으며 다가가던 그는 부상당한 엽청문과 능소소의 모습을 보고 눈이 휘둥그레졌다.

"허어! 엽 위사와 능 위사는 어쩌다가……?"

공손설은 씁쓸한 표정으로 답을 미뤘다.

"자세한 이야기는 들어가서 해요, 이 숙부님."

"그, 그러자꾸나. 안으로 들어가자."

이웅조가 옆으로 한 걸음 물러서며 돌아서자, 공손설은 뒤를 돌아다봤다.

북궁천이 무거운 짐을 내린 사람처럼 편한 표정으로 말했다.

"들어가 봐라."

"왜요? 오빠는 안 들어가세요?"

"우리? 우리는 객잔에 가서 쉬면 되니 걱정 마라."

"무슨 말씀이세요? 은인을 어떻게 그냥 보내요?"

"갈 길이 바빠서 그런다. 촌각이 아깝거든."

"그래도 이렇게 보낼 순 없어요."

"대가로 마차를 받았으니 그 정도면 충분해. 빨리 들어가 봐. 사람들이 기다리잖아."

"정말로 그냥 가실 거예요?"

"그래."

북궁천은 더 물을 것 없다는 투로 단호하게 대답했다.

이웅조와 옥검문 간부들이 개구리처럼 눈을 크게 뜨고서 바라보고 있었다. 기회만 생기면 끼어들어서 귀찮게 할 것 같았다. 그전에 떠나는 게 상책이었다.

공손설은 북궁천의 눈을 보고는 붙잡을 수 없다는 사실을 깨닫고 방향을 바꿨다.

"그럼 일 마치고 나서 꼭 본 성으로 찾아오셔야 되요?"

"알았다."

“진정한 대협이 되려면 신의를 지키는 게 첫째라는 것, 알죠?”

여우 같은 꼬마!

“알았다니까! 그럼 우린 간다.”

북궁천은 다른 사람이 말을 붙이기 전에 재빨리 돌아섰다.

등경이라도 만나게 되면 귀찮은 일만 생길 터. 빨리 떠나는 게 상책이었다.

한편, 이웅조는 곤혹한 표정으로 북궁천을 바라보았다.

단순한 호위인 줄 알고 신경 쓰지 않았다.

그런데 공손설이 오빠라고 부른다. 상대는 진짜 오빠라도 되는 것처럼 대하고.

그는 일단 공손설에게 물어보았다.

“설아야, 저 공자가 누군데 오빠라고 부르는 것이냐?”

“면산에서 저희를 구해 주신 분이에요.”

“그래? 그럼 이렇게 보낼 수 없지. 이보게.”

이웅조가 돌아선 북궁천을 불렀다.

북궁천은 못 들은 척 동호량과 초강을 바라보았다.

“그만 가세.”

“아니, 저 사람이?”

이웅조가 눈살을 찌푸리며 북궁천을 향해 걸음을 옮겼다.

그 때 공손설이 급히 그의 소매를 붙잡았다.

"놔두세요, 숙부."

"그래도 어찌 조카의 은인을……."

공손설이 쓴웃음을 지으며 고개를 저었다.

"고집이 꺾일 분이면 제가 벌써 붙잡았죠. 보내 드리세요, 숙부."

이웅조는 눈을 깜박이며 북궁천과 공손설을 번갈아 보았다.

공손설은 단순히 막내딸이어서 공손무극의 사랑을 받는 게 아니다. 그 총명함과 뛰어난 판단력은 철군성의 군사인 소리음이 혀를 내두를 정도다.

그녀가 그리 판단했다면 자신이 나선다고 해서 달라질 게 없다.

그런데 아쉬움이 고여 촉촉한 저 눈빛은 또 뭐란 말인가?

'허어, 우리 조카님께서 혹시 저 청년을?'

이웅조의 표정이 묘하게 변하자, 동호량은 행여나 또 무슨 사달이 벌어질까 봐 이정한을 재촉했다.

"사형, 그만 가죠."

"응? 어, 가야지."

이정한은 능소소를 바라보며 마지못한 표정으로 포권을 취했다.

"그럼 저는 이만 가 보겠습니다. 부디 빨리 쾌차하시길 바라겠습니다.”

“정말 고마웠어요, 이 공자.”

천하의 백화선자가 이름도 없는 삼류 문파의 제자인 자신에게 ‘공자’라 칭한다.

“별말씀을……”

얼굴이 벌게진 이정한은 능소소의 눈을 뚫어지게 바라보고는 몸을 돌렸다.

그 때 능소소가 이정한의 등에 대고 말했다.

“언제 철군성을 지나갈 일이 있으면 들르세요. 그때 이번에 신세진 걸 갚을게요.”

이정한은 그 말을 듣고 가슴이 뻥 폭발하는 줄 알았다.

환호가 터지려는 걸 억지로 참은 그는 돌아서서 힘차게 대답했다.

“알겠습니다, 능 소저!”

그 모습을 보고 북궁천이 고개를 갸웃거리며 중얼거렸다.

“정한이 왜 저렇게 좋아하는 거지?”

그 이유를 정말 모른단 말인가?

동호량과 초강의 표정이 묘하게 비틀렸다.

‘어쩐지 공손 소저를 그렇게 대한다 했더니……’

세상에서 불가능할 것이 없는 것 같은 대형도 남녀 간의 일은 삼류무사만 못한 것 같았다.

한편으로는 그래서 더 북궁천이 가깝게 느껴졌다.

　가만히 서서 그 모습을 지켜보던 공손설은 북궁천이 멀어
지는 걸 보며 입술을 삐죽였다.
　'하루 머물고 가지. 쳇, 안 오기만 해 봐. 그럼 내가 찾아
갈 테니까.'

＊　　　　＊　　　　＊

　가을이 깊은 날의 하늘은 청명하다 못해 차갑게 보일 정
도였다. 겨울이 얼마 남지 않아서인지 바람도 제법 싸늘했
다.
　그래도 단풍으로 물든 산과 파란 하늘이 조화를 이루어
서 여행하기에는 더없이 좋았다.
　곡옥(曲沃)까지 마차를 타고 간 북궁천 일행은 다음 날
그곳에서 마차를 팔고, 왕옥산 자락을 휘돌아 황하로 내려
갔다.

　하루를 꼬박 이동해서 황하 가의 북수진(北水鎭)에 도착
한 북궁천은 도도히 흐르는 황하를 보며 한참을 움직이지
못했다.
　서쪽에서 비가 많이 왔는지 황하는 평소보다 더 넓고 혼
탁했다.
　'려려, 이토록 넓은 강이 그동안 너와 나 사이를 가로막

고 있었구나.’

끝도 없이 넓은 황하를 바라보는 그의 눈빛이 물결을 따라 출렁였다.

그녀의 소식을 알 수 없었던 이유가 모두 황하 때문인 것처럼 생각되었다.

또한 그런 이유로 가슴이 부풀었다.

황하만 건너가면 당장 그녀를 만날 수 있을 것 같은 기분이 드는 것이다.

그 때 강가의 선창으로 배를 알아보러 갔던 동호량이 큰 소리로 소리쳤다.

“대형, 반 시진 정도 지나면 아래쪽으로 가는 배가 온답니다!”

‘들었지? 조금만 기다려라, 려려. 이 북궁천이 황하를 건너간다.’

배는 예상했던 것보다 일각 정도 빨리 왔다. 아무래도 물이 불어나며 물살이 세져서 일찍 도착한 듯했다.

북수진은 산서와 하남을 잇는 주요 길목인 만큼 많은 사람들이 배를 기다리고 있었다. 그들은 배가 도착했다는 소리가 들리자 꿀을 본 벌 떼처럼 몰려갔다.

주루에서 간단히 식사를 한 북궁천 일행도 선창가로 나갔다.

선상에서 텁석부리 선원 하나가 두 손을 모으고 소리치고 있었다.

"이 배는 백진(白鎭)까지 가는 동안 서지 않으니 중간에 내릴 사람은 다른 배를 타쇼!"

백진은 낙양에서 그리 멀지 않은 곳이었다. 이백 리 뱃길을 쉬지 않고 간다는 뜻.

배를 타려던 사람들 중 상당수가 투덜거리며 발길을 돌렸다. 그래도 남은 사람이 사오십 명은 되어 보였다.

"이각 뒤에 출발할 거요! 선비는 일인당 백진까지 열 푼, 정주까지 서른 푼, 개봉까지 마흔 푼이오. 미리미리 준비하고 있다가 타면서 내쇼!"

선원은 미리 주의를 주고 선교를 선창에 걸쳤다. 그리고 다른 선원 몇과 함께 내리더니 주루로 갔다.

그 후 또 다른 선원이 배위에 나타났다. 좀 전의 텁석부리 장한보다 몇 배는 더 험상궂게 생긴 자였다.

"지금부터 하는 말을 잘 새겨들으쇼! 첫째, 함부로 아무 곳에나 갈기지 말 것. 둘째, 큰 것 쌀 때는 엉덩이를 확실하게 배 밖으로 내놓고 쌀 것. 떨어질까 봐 겁나면 다른 사람 보고 잡아 달라고 하쇼! 셋째, 돈 없으면 선교에 올라오지 말 것. 물건으로 대신할 사람은 나중에 타도록 하쇼! 알아들었으면 올라오쇼!"

배는 상선이었는데, 아래쪽에는 짐을 싣고 사람들은 위쪽에 태웠다.

선비(船費)를 받은 선원은 하선하는 곳에 따라서 각기 다른 색이 칠해진 나무패를 하나씩 줬는데, 잃어버리면 돈을 다시 내야 한다고 했다.

북궁천 일행은 느지막이 배 위로 올라갔다. 그들은 백진까지만 선비를 줬다.

목적지는 정주지만 사흘 동안 배를 타고 가는 것은 아무래도 지루할 것 같았다.

배 위는 겉보기보다 넓어서 오십 명이 넘게 탔는데도 번잡하지 않았다. 더구나 많은 사람들이 찬 바람을 피해 선실로 들어가서 밖은 절반 정도가 빈 상태였다.

북궁천은 이정한 등과 함께 뱃전에 서서 황하를 구경했다.

선원들이 돌아온 것은 이각이 훌쩍 넘은 뒤였다. 일찍 도착한 만큼 여유를 부리는 듯했다.

그들이 도착하자 험상궂은 선원이 선교를 당겼다.

그 때 죽립을 쓴 무사 넷이 배를 향해 달려오며 소리쳤다.

"어디까지 가는 배인가?"

선교를 반쯤 당긴 선원이 대답했다.

"백진, 정주를 거쳐서 개봉까지 가는 배요."

“잘됐군.”

무사들은 다행이라는 표정으로 훌쩍 몸을 날리더니 단숨에 삼 장을 날아서 배 위로 올라왔다.

그 모습을 보고 선원의 험상궂던 얼굴이 순한 양처럼 변했다.

힘이 잔뜩 들어갔던 어깨와 가슴도 바람 빠진 돼지방광처럼 쪼그라들고, 목소리 역시 주루의 점소이만큼이나 상냥해졌다.

“무사님들은 어디까지 가실 생각이십니까요? 백진까지는 열 푼이고, 정주까진 서른 푼, 개봉까진 사십 푼입죠.”

“정주까지 간다.”

무사들 중 삼십 대 중반의 장한이 대답하고는 예리한 눈빛으로 선상을 둘러보았다.

그는 선수에 있는 북궁천 일행을 발견하고 눈을 가늘게 좁혔다. 하지만 별다른 점을 발견하지 못했는지 곧 시선을 다른 곳으로 돌렸다.

*　　　*　　　*

배에서의 생활은 생각했던 것보다 낭만적이지 못했다. 빠른 유속 때문에 유난히 배가 더 흔들려서 오시가 넘어가자 아침에 먹은 것을 다시 확인하는 사람들이 속출했다.

그때쯤에는 북궁천도 황하를 처음 봤을 때와 달리 표정이 차분해진 상태였다. 두어 시진 동안 누런 강물만 봤더니 격정이 많이 가라앉은 것이다.

'백진에서 내리기로 하길 잘했군.'

그렇게 미시가 넘어갈 무렵, 갑자기 구름이 끼더니 신시가 되자 부슬부슬 비가 오기 시작했다.

뱃머리 쪽에 있던 북궁천 일행은 차양이 쳐진 선실 쪽으로 자리를 옮겼다.

그들이 다가가자 죽립인들이 허리를 곧추세웠다.

북궁천 일행은 죽립인들과 일 장가량 떨어진 곳에 자리를 잡고 앉았다. 그러자 잘됐다는 듯 그들 중 쉰 살 전후로 보이는 중년인이 질문을 던졌다.

"자네들은 산서 사람인가?"

이정한은 솔직하게 대답했다.

"그렇습니다."

"어느 문파의 제자들인가?"

"태극문의 제자들입니다."

"태극문? 처음 들어 보는 문파군."

중년인은 이마를 좁히고 고개를 갸웃거렸다.

그의 바로 옆에 앉아 있던 삼십 대로 보이는 장한은 입술을 비틀며 노골적인 비웃음을 지었다.

"이름도 알려지지 않은 삼류 문파인 모양입니다."

사실이 그랬다. 하지만 남의 입을 통해서 들으니 속이 부글거리고 입맛이 썼다.

이정한이 그를 노려보며 조금은 퉁명한 어조로 물었다.

"그러는 분은 어느 문파에 계시는 분입니까?"

중년인은 장한을 책망하는 눈빛으로 바라보고는 이정한을 향해 말했다.

"기분이 상했다면 미안하군. 말해 줄 수 없는 이유가 있으니 이해해 주게."

그는 그렇게만 말하고 고개를 돌렸다.

그 때 북궁천이 이정한 등에게 말했다.

"속상해할 것 없네. 지금 삼류 문파라 해서 항상 삼류 문파여야만 하는 법은 없으니까."

이정한과 동호량은 상기된 얼굴로 답했다.

"알겠습니다, 대형."

"꼭 그렇게 되도록 하겠습니다."

그리고 초강은 굳은 표정으로 고개만 숙였다.

중년인은 그제야 북궁천을 바라보았다.

"자네도 태극문의 제잔가?"

북궁천은 그를 쳐다보지도 않고 선실 벽에 등을 기댔다.

"나는 자신을 감추려는 사람과 대화하고 싶은 마음이 없소. 그러니 신경 쓰지 마시오."

이정한 등은 십 년 묵은 체증이 내려간 듯 웃음을 지으며 그를 따라서 선실 벽에 기댔다.

삼십 대 장한이 당장 일어설 것처럼 손으로 바닥을 짚으며 눈을 부라렸다.

"뭐 이런……."

하지만 중년인이 손을 들어 제지하자, 그는 입술을 씰룩이며 자세를 풀었다.

이정한 등은 아쉬워서 탄식이 나올 지경이었다.

조금만 더 과격하게 나왔으면 대형이 저자를 황하에 처박았을지도 모르는데…….

배가 백진에 도착한 것은, 석양이 지기까지 한 시진 정도 남았을 때였다.

배가 부두에 정박하자 북궁천은 일행과 함께 배에서 내렸다. 뒤에서 죽립인들의 시선이 느껴졌지만 일절 신경 쓰지 않았다.

마침내 헌원려려가 있는 황하 이남을 밟았다는 것만으로도 다른 것에 신경 쓸 정신이 없었다.

"어디 가서 배부터 채우세."

백진은 낙양성이 가까워서 그런지 부둣가가 제법 번잡했다. 오가는 사람도 많았고, 객잔과 주루도 부둣가에 늘어서 있었다.

북궁천 일행은 그중 객잔을 하나 골라서 안으로 들어가

식사를 주문했다.

밖에서 소란스러운 소리가 들린 것은 그들이 식사를 거의 다 마쳐 갈 때였다.

처음에는 신경 쓰지 않았다. 그런데 창가에 앉아 있던 동호량이 창밖을 향해 고개를 내밀더니 북궁천에게 말했다.

"대형, 그자들이 싸우고 있는데요?"

그자들. 죽립인들이 싸우고 있다는 말.

이정한과 초강은 물론이고 북궁천도 창밖을 바라보았다.

동호량의 말대로 죽립인들이 선착장에서 싸우고 있었다.

상대는 칠팔 명 정도. 형세는 비등했는데, 죽립인을 공격한 자들 중 하나가 아직 싸움에 끼어들지 않은 상태였다.

'저자들 때문에 표정이 굳어 있었나?'

무엇 때문에 싸우는지 알 수가 없으니 도와주기도 어정쩡했다. 끼어들고 싶지도 않았고.

바로 그 때, 지켜보고 있던 자가 죽립인들 중 중년인을 향해서 달려들었다.

그가 끼어들자 형세가 급전으로 치달았다.

죽립인들 중 하나가 피를 뿌리며 쓰러지자, 중년인은 안 되겠다 싶었는지 몸을 뒤로 뺐다. 동시에 그의 남은 일행 둘도 뒤로 물러나서 강가를 따라 달렸다.

"흥! 삼절수사, 빠져나갈 생각은 꿈도 꾸지 마라!"

나중에 끼어든 자가 소리치며 죽립인들의 뒤를 쫓았다.

그들이 쫓고 쫓기며 사라지자 초강이 말했다.

"대형, 아무래도 죽립을 쓴 자들은 백검맹 사람들 같습니다."

백검맹(百劍盟)은 허창 인근에 본산을 둔 세력으로 중소 문파들의 결집체였다.

무림맹이 유명무실해진 지 이십 년이 넘은 지금, 그들은 똘똘 뭉쳐서 천무회(天武會), 삼성궁(三星宮)과 함께 하남 무림의 한 축을 이루고 있었다.

초강이 그들을 백검맹의 사람으로 추정한 것은 '삼절수사'라는 별호 때문이었다. 삼절수사(三絶修士) 조관수가 백검맹의 장로인 것이다.

그의 말에 이정한이 의아한 표정을 지었다.

"백검맹의 장로를 공격하다니. 그들이 누군지 모르겠군요."

"혹시 천무회나 삼성궁의 사람들이 아닐까요?"

동호량이 자신의 생각을 말했다.

어쩌면 당연한 생각일지 몰랐다. 하남에서 백검맹을 저렇게 몰아붙일 수 있는 곳은 그들 외에는 없다 해도 과언이 아니니까.

하지만 북궁천은 그들이 듣지 못한 것을 들은 터였다. 치열하게 싸우던 중 조관수가 분노한 목소리로 말했다.

"천사교 놈들이냐?"

나직한데다 싸우는 소리에 묻혔지만 그가 듣지 못할 정도는 아니었다.

"천사교라는 곳이 어떤 곳인 줄 아는가?"

이정한이 휘둥그레진 눈으로 북궁천을 바라보았다.

"천사교요? 천사교는 이십여 년 전에 중원을 뒤집어 놓고 사라진 사교입니다. 무림맹이 유명무실해진 것도 그들 때문이라고 들었습니다. 그런데 왜 그러십니까?"

"조관수가 상대에게 그렇게 물은 것 같았네. 그런데 대답을 하지 않아서 확실한 것은 모르겠군."

"에이, 설마요. 이십 년 전에 사라진 그자들이 나타났으면 벌써 강호가 뒤집어졌을 겁니다."

상대가 누구든 이미 사라진 상태다. 그들이 왜 싸우는지도 모르고.

그들과 엮여 봐야 헌원려려를 찾는 일만 늦어질 터.

북궁천은 더 상관하지 않고 찻잔을 잡았다.

"끼어들어 봐야 좋을 것이 없겠군. 오늘은 여기서 자고 내일 아침에 출발하세."

이정한 등은 안도하며 가슴을 쓸어내렸다.

십여 일 동안 간이 몇 번은 떨어졌다 붙은 그들이었다. 이번에도 나섰다가 저들의 싸움에 휘말리면 살아서 황하를 다시 넘을 수 없을지도 몰랐다.

＊　　　＊　　　＊

다음 날 아침.

북궁천 일행은 식사를 마치자마자 객잔을 나서서 걸음을 재촉했다.

미시 무렵, 낙수를 건너간 그들은 공현에서 점심을 해결하고, 동남쪽으로 뻗은 산 사이의 관도를 통해 정주로 향했다.

그런데 그들이 산길을 따라 이십 리쯤 갔을 때였다. 야트막한 고갯길을 넘어가는데 좌측의 울창한 숲 속에서 누군가가 구르듯이 튀어나왔다.

북궁천 일행은 모두 그를 알아보고 놀란 표정을 지었다.

그는 전날 배에서 이정한을 비웃었던 던 자였다.

온몸이 피로 물든 그는 금방이라도 쓰러질 것처럼 비틀거리며 다가오면서 사정하듯이 말했다.

"자, 잠깐만 기다려 주게."

이정한은 전날의 상한 마음이 풀리지 않았는지 까칠하게 말했다.

"삼류 문파의 제자를 왜 부르는 거요?"

"적을 겨우 따돌리긴 했는데 장로께서 부상이 심하네. 좀 도와주게.”

전날 일만 생각하면 못 들은 척 등을 돌리고 싶었다. 그러나 막상 피로 물든 상대를 보니 마음이 약해졌다.

“대형, 어떻게 하시겠습니까?”

북궁천은 깊게 생각하지 않았다.

어제와 오늘은 상황이 달랐다. 어제는 멀쩡한 몸이었고, 오늘은 중상을 입은 채 도움을 요청하고 있었다.

“강호의 대협이라면 이 상황에서 어떻게 하겠나? 중상을 입은 사람이 있으면 당연히 돕겠지?”

어느 정도 짐작하고 있던 대답이다. 대협이 되기 위해 안달 난 대형이 아닌가.

“아무래도 그러겠죠.”

이정한은 북궁천의 말에 동조하면서도 의아함을 떨칠 수 없었다.

대형은 왜 저리 대협이라는 말에 집착하는 걸까?

“고, 고맙네. 어제는 정말 미안했네.”

장한이 감격한 어조로 답하며 북궁천을 바라보았다.

북궁천은 흐뭇한 표정으로 옆을 보며 말했다.

“누가 저 사람을 업어야 할 것 같은데⋯⋯.”

이정한과 동호량은 슬쩍 초강을 바라보았다.

초강의 등에 업힌 장한은 손짓으로 길을 안내했다.

어제의 그 중년인, 조관수는 길에서 삼십여 장 떨어진 곳의 동굴 속에 있었다. 그는 죽은 듯이 누워 있었는데, 가슴의 기복만 아니면 정말 죽은 사람처럼 보일 정도였다.

북궁천은 조관수의 맥문을 잡고서 상세를 살펴보았다. 그리고 곧 조관수의 엉망이 된 기의 흐름을 바로잡기 위해서 공력을 주입했다.

얼마 지나지 않아 조관수의 몸에서 뿌연 김이 피어올랐다.

동굴 벽에 기대고 있던 장한은 북궁천이 상승의 내가요상법을 펼치는 걸 보고 경악한 표정을 감추지 못했다.

내가요상법을 펼치려면 막대한 공력이 필요했다.

자신은 흉내도 낼 수 없는 수법을 펼치는 자에게 삼류 문파의 제자라고 비웃다니.

쥐구멍이 있으면 기어 들어가고 싶은 마음이었다.

북궁천은 일각가량 조관수의 몸을 다스린 후 공력을 회수했다.

조관수를 치료하면서 자신의 공력이 팔성가량 돌아왔다는 걸 확인한 그는 만족한 표정을 지었다.

'한두 달만 더 지나면 십성 공력을 모두 회복할 수 있을 것 같군.'

그뿐 아니라 과거보다 공력이 더 늘어나 있다는 점이 그를 더욱 기분 좋게 했다.

'육대기가 넘겨준 상자에 든 것이 영약은 영약이었던 모양이야.'

아무리 생각해도 원인은 그것밖에 없었다. 그렇지 않다면 이토록 짧은 시간에 자신의 예전 능력을 되찾고 공력마저 늘 수 없었다.

"일단 뒤틀린 기혈을 바로잡고 내장을 안정시켰소. 큰 충격을 받지만 않는다면 생명에 지장은 없을 거요."

북궁천이 고개를 돌리며 말하자 장한은 그 자리에서 고개를 땅에 처박았다.

"절검문의 포영이라 합니다. 제가 어리석어서 태산이 앞에 있었는데도 몰라봤습니다, 공자. 용서해 주십시오!"

북궁천은 가볍게 손을 저어서 그의 몸을 일으켰다.

"당신까지 부상이 더 심해지면 괜히 나만 힘들어지니 조심하시오."

포영은 고개를 푹 숙였다.

"죄송합니다, 공자."

"정한, 약 있지? 이 양반 상처 좀 봐 주게."

북궁천에게 머리를 숙이는 걸 보고 이정한도 그에 대한 마음이 어느 정도 풀어졌다.

"옷 벗어 보쇼. 약 좀 뿌리게."

조관수가 정신을 차린 것은 이각가량이 지난 후였다. 그는 포영에게 간단히 설명을 듣고는, 억지로 몸을 일으켜 앉고 북궁천을 향해 포권을 취했다.

"구해 줘서 고맙네. 나는 백검맹의 조관수라 하네. 이름을 알려 주면 나중에 은혜를 갚겠네."

"단화린이라 합니다. 길 가다가 다친 사람을 보면 도와주는 게 당연한 일 아닙니까? 그저 할 일을 한 것뿐이니 그렇게 고마워하지 않아도 됩니다."

북궁천은 제법 대협답게 말하며 조용히 웃었다.

조관수는 감탄한 표정으로 희미한 웃음을 지었다.

"두 사람을 잃어 가슴이 아팠는데, 단 소협과 같은 의협 지사를 만나 위안이 되는군."

"별말씀을."

북궁천은 담담히 답하면서도 흐뭇했다.

조관수의 칭찬을 들으니 자신이 대협의 길에 한 발짝 다가선 기분이 들었다.

'이 사람 말을 려려가 들어야 하는데……'

북궁천은 곁에 헌원려려가 없음을 아쉬워하며 조관수에게 물었다.

"어쩌다 그자들의 공격을 받은 겁니까?"

조관수는 잠시 망설이더니 사정을 간단하게 설명했다.

"맹주의 명으로 철군성에 다녀오던 길이네. 그자들은 내가 순순히 맹에 도착하는 걸 원치 않는 거지.”

철군성이란 말에 북궁천의 눈빛이 이채를 띠었다.

며칠 사이 철군성과 연관된 일에 연이어 엮이는 걸 보면 인연은 인연인가 보다.

‘공손무극이 고민하고 있다는 일과 관련된 건가? 좌우간 꼬마의 집안과 관련된 일이라면 도와주길 잘했군.’

사정이야 어쨌든 동생으로 삼았으니 자신과 아주 무관한 일도 아니다. 게다가 나중에 만나면 생색낼 수도 있을 것이고.

북궁천이 내심 만족해하며 다시 물었다.

“공격한 자들이 천사교 사람들입니까?”

순간 조관수의 눈이 느닷없이 뒤통수를 한 대 맞은 사람처럼 커졌다.

“그걸 자네가 어떻게⋯⋯?”

“싸울 때 장로께서 하신 말씀을 들었습니다. 그런데 천사교는 이십여 년 전에 사라졌다 들었는데, 왜 그자들이 나타나서 공격한 겁니까?”

이정한 등도 눈이 휘둥그레져서 귀를 기울였다.

어제만 해도 설마 했거늘, 정말 천사교가 나타났단 말인가?

“아직 확실하게 밝혀진 것이 아니니 그에 대해선 뭐라 말하기가 그렇군. 사정을 좀 더 자세히 이야기해 주고 싶지만,

그에 대한 것은 내 권한 밖이니 이해해 주게.”

조관수는 미안해하는 표정으로 말하며 북궁천의 질문이 이어지는 것을 막았다.

북궁천도 깊게 끼어들고 싶지 않아서 더 묻지 않았다.

“사정이 있으면 그럴 수도 있지요.”

자신이 본명을 밝히지 못하는 것처럼.

그런데 이번에는 조관수가 물었다.

“단 소협은 어디로 가는 길인가?”

“정주에 가는 길입니다.”

“부탁할 게 하나 있네만…….”

갈 길이 바쁜 북궁천은 두 세력의 다툼에 끼어들고 싶지 않았다. 하지만 무작정 거부할 수도 없어서 일단 조관수의 말을 들어 보기로 했다.

“말씀해 보시지요. 들어 본 다음에 판단하겠습니다.”

“나와 포영을 정주까지만 데려다 주게. 그곳까지만 가면 놈들의 손에서 벗어날 수 있을 거네.”

그 정도라면 어렵지 않은 부탁이다. 어차피 정주로 가던 길이니까.

북궁천은 담담히 웃으며 조관수의 부탁을 승낙했다.

“어차피 부상이 심한 분을 그냥 놔두고 갈 생각은 없었습니다. 걱정 마십시오, 하, 하, 하.”

그는 웃으면서 의협심이 투철한 의동생들을 바라보았다.

“아우들이 수고 좀 해야 할 것 같군.”

이정한은 동호량과 초강을 향해 고개를 돌렸다.

부상자가 셋이 아닌 게 다행이었다.

초강이 조관수를 업고, 동호량이 포양을 업었다.

조금 미안한 마음이 든 이정한은 두 사람의 무기를 자신이 챙겼다.

“대형, 출발……”

“잠깐.”

북궁천이 손을 들어 이정한을 입을 막고는, 눈살을 찌푸리며 밖을 바라보았다.

다섯을 셀 정도의 시간이 흘렀을 때였다.

쏴아아아아.

폭풍이 불어오듯 바닥의 나뭇잎이 날리면서 강렬한 기세가 밀려들었다.

그리고 곧 산속에 울려 퍼지는 나직한 웃음소리.

“후후후. 조관수, 거기 숨어 있었군.”

공명처럼 울리는 음습한 목소리가 끝날 즈음, 동굴 입구에서 십여 장 떨어진 곳에 짙은 감색 무복을 입은 중년인이 내려섰다.

뒤이어 여덟 명의 무사가 그의 좌우로 내려서서 동굴 입구를 포위했다.

　어제 조관수 일행을 공격했던 자들과 같은 복장을 한 자들이었다.

　북궁천은 그들을 향해서 걸음을 옮기며 검병을 만지작거렸다.

　"모두 동굴 안으로 들어가서 나오지 말고 입구만 지켜."

〈다음 권에 계속〉

첫 째 번 마법사

마법을 쓸 줄 알면 다 같은 마법사일까?
아니, 절대로 그렇지 않다!
너희가 아는 마법이 전부라 믿지 마라!

이제, 모든 것을 바로잡기 위해
이백 년의 세월을 건너뛴 '그' 가 돌아왔다.
이 땅에 마법을 전파한, 첫 번째 마법사가!

dream books
드림북스

강호풍 신무협 장편소설

ORIENTAL FANTASY STORY & ADVENTURE

악당무적(惡黨無敵)

음모첩중의 난세· 그 한복판에 뛰어든 한 사내, 무유!
그로 인해 강호의 역사가 송두리째 흔들린다!